CW01656749

narrazioni chiarelettere

Soci: Gruppo editoriale Mauri Spagnol S.p.A.
Lorenzo Fazio (direttore editoriale)
Sandro Parenzo
Guido Roberto Vitale (con Paolonia Immobiliare S.p.A.)
Sede: via Guerrazzi 9, 20145 Milano

ISBN 978-88-6190-755-3

Prima edizione: maggio 2016

www.chiarelettere.it
BLOG / INTERVISTE / LIBRI IN USCITA

Wu Ming 5
Francesca Tosarelli

Ms Kalashnikov

chiarelettere

MS KALASHNIKOV

Diario di F.

Bruxelles 20 settembre 2015

Allarme attentati, città blindata, si aspettano qualcosa di grosso presto.

Gare du Nord, stazione centrale, grande, quasi completamente deserta. Fin qui abbiamo avuto cinque controlli dei passaporti. Gli accessi ai binari sono impediti dal nastro di polizia che chiude tutto. Qua e là agenti con giubbotto antiproiettile e cani.

Nell'atrio, enorme, un quarantenne in maniche di camicia. L'uomo, solo, canta, gesticola in modo convulso. Potrebbe essere congolese. Lontano da lui, un grosso sacco di plastica. Devo aspettare quarantacinque minuti, entro in un bar, ordino una cioccolata calda. Fa un freddo boia.

Quando esco l'uomo è ancora là, canta da solo.
Bruxelles fuori è spettrale, pioviggina.

Ribeira da Barca

Intro
Diario di R.P.

Bologna, 8 maggio 2015

Negli ultimi giorni sono accadute tra le altre queste cose.

Channel 8, canale televisivo thai.

Il Max Muay Thai è un evento di boxe thailandese trasmesso in diretta e anche un format televisivo: atleti locali contro *farang*, stranieri, che però si allenano per molti mesi all'anno in Thailandia. Le esigenze televisive impongono di tagliare il *ram muay*, la danza rituale che i pugili compiono prima del combattimento. Solo pochi passi prima che l'arbitro chiami gli atleti al centro del ring.

Sale un pugile brasiliano, ha ventisei anni e un buon record. Il thailandese viene dalla provincia di Khon Kaen, ha sedici anni ma un numero di match doppio rispetto al suo avversario.

L'adolescente, che deve essere stato cresciuto all'interno di un *camp* – una delle scuole residenziali dove si avviano i bambini a quest'arte nella prospettiva di farli diventare dei professionisti –, è solido, sicuro di sé. Tiene bene il centro del ring, ha una buona scelta di tempo, ottime tecniche di calcio e di lotta. Un futuro campione. Questione di un paio d'anni e potrebbe trovarsi al top in uno sport brutale, affascinante, erede di un'importante e poco conosciuta tradizione marziale.

Questo potrebbe portare la famiglia di origine a un livello di vita considerevolmente migliore. Per molti affrontare uno sport così duro, e in cui è così difficile emergere, è una scelta obbligata, l'unico modo per acquisire abilità in grado di migliorare la propria condizione di partenza.

Il giovane thai vince l'incontro, chiaramente. Potrà riposare quarantott'ore e poi pensare al prossimo, che potrebbe essere tra dieci giorni, due settimane. Si combatte molto perché si combatte per denaro e la pressione è tanta. Perché è quello che ti hanno insegnato a fare ed è quello che sai fare meglio.

Da anni questa disciplina si è insediata come un'opzione percorribile nelle periferie dell'Occidente. Parigi e Amsterdam sono le capitali europee di questo sport da ring. Dalla rabbia e dal disagio nasce e si sviluppa questo modo di affrontare le cose, il modo della pazienza, della disciplina e del lavoro incessante su se stessi.

Spengo il computer ed esco, una fresca serata di maggio.

Alcuni compagni che hanno una specie di centro di documentazione mi chiamano a presentare un documentario sugli anni dell'hardcore punk italiano. Cerco un modo per far capire da che cosa uscisse quella musica, quale fosse il suono delle strade di quegli anni, e di farlo in maniera analogica, evocativa, ricorrendo poco all'analisi e senza cedere alla tentazione dell'aneddoto o del memoriale da reduce. Una piccola scena di ragazzini, spesso segnati dai fallimenti dei fratelli maggiori, che si poneva tutti i problemi giusti riguardo alle prospettive che gli anni Ottanta facevano intravedere. Paradossalmente, nell'ultimo decennio della guerra fredda, la guerra sembrava ai più un'eventualità lontanissima.

Lontano dagli scenari urbani dell'Occidente, la guerra fatta di molte piccole guerre non era cessata mai. Perciò i nessi che legano ogni forma di violenza istituzionale, ogni forma di repressione e indottrinamento consumistico, alla guerra erano in qualche modo già chiari agli antieroi di quella generazione. Il problema di cosa fosse la violenza e di quanto passasse inavvertita negli snodi che componevano e compongono il quotidiano era uno dei temi centrali. Sulle copertine dei dischi dei Crass o dei Discharge compariva la versione meno estetizzata della guerra: corpi violati, cascate di bombe dalla pancia dei bombardieri del mondo libero.

Violenza, non solo guerra: la prima volta che sentii considerazioni riguardo alla legittimità del mangiare carne fu in quegli anni e in quella scena.

Guerra, consumo di carne, violenza, società del controllo, questione di genere. I temi non erano sempre affrontati con chissà quale lucidità o profondità di analisi, ma che importanza ha. La cosa che adesso mi è chiara, dopo tanti anni, è che quella forma di impegno e di autoemarginazione fu qualcosa di obbligato.

La piccola sala del centro di documentazione è gremita di persone che hanno meno della metà dei miei anni. Rispondo a molte domande, non sono soddisfatto delle mie risposte. Temo che chi mi ascolta ora mi veda come un reduce. Temo di essere io in realtà a non riuscire a marcare la distanza tra reduce e sopravvissuto.

Poi arrivano le notizie dalla Siria.

Ho avuto modo di sentire diverse voci di compagni che, mentre batto su questi tasti, in questo momento storico, hanno scelto di combattere contro lo Stato islamico. Ho appena visto un video: un compagno tedesco sventola il vessillo antifascista con le bandiere rosse e nere sovrapposte davanti alle linee del Daesh. Mi sono emozionato, il cuore mi è balzato in gola.

Mi trovo a pensare che, quando non c'è niente da fare, i compagni laggiù canteranno le nostre antiche canzoni di lotta insieme alle nuove. Giovani europei sulle montagne del Kurdistan. Perché il punto al quale è giunta la loro vita non consente di intraprendere altro, se non questo tipo di impegno, estremo. Io, da qui, nella mia *comfort zone*, che consiste nell'avere un tetto sulla testa e i mezzi per sostentarmi nell'immediato futuro, guardo lo scenario distopico, il romanzo dickiano che è il reale, e ne colgo un riflesso, un baluginio. Note che producono strane assonanze, rumori che risaltano sul rumore bianco dell'agenda internazionale.

Diario di F.

Londra, 18 novembre 2011

Chattavo con Alexandra, compagna di danza, mezza angolana mezza italiana. Ci mandavamo video di balli locali improbabili. Condividiamo la passione per l'afro e tutte le danze «maraglie»: funky da favela brasiliano, *zuki love* angolano. A un certo punto – sapeva che ero in partenza per Capo Verde – mi dice: «Senti, vedi bene di imparare il *batuque*, già che ci sei». Digito su YouTube «*batuque* + Capo Verde» e mi si apre un mondo. Rimango rapita da quella dimensione tutta femminile. Una danza di liberazione, la leggo subito così. La musica è fatta con niente, nessuno strumento, solo contenitori di plastica, bacinelle usate per mille cose, per contenere il pesce o i panni umidi, ogni tanto qualche tamburo vero.

Le donne battono strumenti di fortuna, cantano disposte in tondo, vecchie e giovani. Una entra nel cerchio timida, occhi bassi, comincia a muoversi. Poi si lega attorno alla vita un pezzo di stoffa. Il ritmo e il canto si alzano, la protagonista comincia a muovere il bacino che prende vita propria. Rimango a bocca aperta. La danza è liberatoria, ipnotica.

Sono scalze sulla terra battuta, alcune in piedi, altre sedute. È un cerchio di energia forte, vibrante, un rituale, un crescendo che poi si attenua, ma non cessa mai, un rave di *batuque*. Le donne si scambiano la parte di protagonista al centro del cerchio, vanno avanti per ore, bacini ondeggiano liberi su ogni accento del ritmo.

Io voglio imparare a fare quello! Ci sarà qualcuna che vuole insegnarmelo.

Da quando ho cominciato a viaggiare, nella mia testa si è formata un'idea sempre più precisa. Ogni volta che metto piede in un luogo, qualsiasi luogo del pianeta, la prima cosa che cerco di capire è se le donne ballano da sole.

È la prima domanda che faccio a chi mi ospita o mi viene a prendere in aeroporto, o alla prima persona locale con la quale instauro un minimo di intimità: «Senti, ma qua, le donne, ci vanno da sole a ballare?».

Diario di R.P.

Bologna, 17 ottobre 2015

Io e Steno in macchina, è un pomeriggio, giriamo le strade della nostra città. È uno dei momenti tipici di un legame che dura dal 1980. In auto per le strade di Bologna, parlare della città, di tutto quello che suscita in noi, testimoni e protagonisti, nel nostro modo rauco e approssimativo, della storia culturale di questo posto da molti, moltissimi anni. Outsider circondati da un alone di culto transgenerazionale.

Avvenimenti recenti, lo sgombero di Atlantide, dove convivevano punk e collettivi gay, lesbiche, trans. L'amministrazione ha offerto un'altra esperienza unica, importante, sull'altare del renzismo, compiacendo la destra cittadina nel nome del partito nazione. È sempre lo stesso feeling, amaro e dolciastro, questa città. Dico *al Vèz* che non riesce a non toccarmi questo luogo, queste strade che alla nostra età sono un tessuto di memorie: ogni angolo è emotivizzato, ovunque è successo qualcosa che ci riguarda, che riguarda noi, personalmente, o la nostra gente.

Stasera suoniamo di spalla ai Cock Sparrer, gruppo *street punk* inglese che ha un seguito larghissimo, molto amato dagli skinhead. Sono in giro dal 1976. Quattro anni più dei Nabat. Sono persino più vecchi di noi.

Nei mesi scorsi, durante l'estate, la depressione ciclica ha colpito. Crisi nella crisi. In qualche modo ci si abitua. Quella condizione pone domande, e spesso sono giuste. Per dare risposte ho passato l'estate in bicicletta, cinquanta chilometri al giorno, e in riva al fiume, in alto, lontano dalla città, con quella che è stata per mesi la mia famiglia: un compagno di Roma, i suoi bambini di dieci e sette anni, la sua donna attuale. Ora è lontano, a lottare per le idee che lo hanno mosso e che ci muovono.

Il retropensiero di questi mesi: rendere ragione delle storie che F. mi ha raccontato.

Fa la fotografa, e fotografa donne impegnate nell'autodifesa in armi. Va sul campo. Congo, Mali. Il suo progetto è vasto, complesso, attraversa molti piani espressivi, e tocca il punto dove tempo reale e analisi coincidono. Il suo approccio mi ha influenzato, mi ha fatto riflettere, mi ha mandato in crisi.

Crisi nella crisi. C'è la vecchia storia che in cinese «crisi» e «opportunità» si scrivono con lo stesso ideogramma. Strano, consegnandomi il suo memoriale, il suo personale romanzo di formazione perché ne uscisse un libro, è come se mi avesse dato la possibilità di una nuova scrittura, interiore, apertamente autobiografica. E riflettendo mi sono accorto che la mia vita, fino a questo momento, è stata un singolare esperimento di autofiction.

Il senso che davo all'esperienza l'ho filtrato attraverso una serie di identificazioni successive, di cui ho memoria e che ho chiamato «io», «identità», il nome che porto. L'idea superstiziosa e fallimentare di essere fatti in un modo e di dovere, proprio così, vivere e incontrare un certo tipo di esperienze – luoghi, ambienti, persone, musiche, cibi, droghe, vestiti, stili – e farne parole scritte sulle pagine era il modo che avevo trovato per esprimermi e per campare. Anche se l'ho presa molte volte alla larga, tutto quanto ho scritto in fondo è autobiografico. Skinhead, irochesi, giannizzeri, partigiane o popolane rivoluzionarie erano io e io mettevo i pensieri in quelle teste, col puro arbitrio della creazione.

Forse ognuno ha una propria soglia del dolore spirituale, oltre la quale si pone un certo ordine di problemi che soppianta, o integra, o illumina, il precedente. Bassa o alta che sia, io quella soglia del dolore l'ho da qualche tempo raggiunta. Mi sono messo all'ascolto, perché è tutto quello che riuscivo a fare, e forse è stata la mossa giusta. Mi sono guardato un po'. Un primo, piccolo passo.

Così, la comprensione che ho al momento è questa. La storia personale che fa capo al mio o ai miei nomi è in fondo nient'altro che la storia di una fissazione sul dover essere così. Un costante processo di formazione, fondamentalmente autopunitivo, non nell'essenza, ma nel modo in cui l'io affrontava la faccenda. La storia di un'istanza perpetua, ma perennemente cangiante, che filtrava nello spettro di abiti che ho indossato. È così che ho accumulato la mia esperienza, fatta di punti di vista inusuali e distanti.

Le discipline che ho intrapreso e studiato – la musica, le arti marziali, la scrittura, lo yoga, la meditazione – le ho portate addosso come ornamenti dell'ego. Rischio la trappola della vita divina, a una sola rinascita dall'inferno. E poi c'è la vita per strada, certo, nelle palestre, sui palchi, le difficoltà materiali, il senso di sconfitta storica che pesa addosso a chi la pensa come me. Queste sono le coordinate entro le quali ho mosso la mia esistenza.

Ho conosciuto la protagonista di questo romanzo nel mezzo del processo, quando già alcuni piani della torre scricchiolavano. L'incontro è stato necessario, spiazzante, ricchissimo. E mi ha spinto con maggior decisione a mettermi fuori dalle *comfort zones* identitarie dentro alle quali l'io si sente come vuole sentirsi: importante, utile, controverso e necessario. L'idea che mi muoveva alla mattina, la volontà di vedere allo specchio una persona non comune, è uno dei danni maggiori che mi sono inflitto.

Non riesco a dare un senso alle cose senza creare realtà parallele perché, con tutta evidenza, un senso non c'è.

Eppure, non si può vivere senza senso.

Quando ho pensato di scrivere questa storia non avevo ancora la decisione che ho oggi nel provare a raccontarmela il meno possibile. La difficoltà materiale e la difficoltà psicologica della crisi d'identità sono maestre insostituibili.

Gli anni della crisi mi hanno visto come il discepolo Caine al cospetto del Gran Maestro Po nel vecchio serial *Kung Fu*. Col tempo ho sviluppato velocità e ora sono in grado di sottrargli il sassolino prima che lui rinserri il pugno. Prima che la realtà chiuda la mano, vorrei cavarne un senso.

Credo che il modo di interrogarsi sul femminile sia, da parte di un uomo, sempre fondamentalmente goffo, anche se le motivazioni magari sono sincere. Credo anche che dovrei smettere di generalizzare: il mio modo di interrogarmi sul femminile lo è, gli altri non so. Non conosco i maschi più delle donne, per la verità.

La consapevolezza degli archetipi-donna e delle energie fondamentali dentro alle varie figure della Dea sono conoscenze intellettuali. La gioia e la sofferenza nel corpo delle donne non posso esperirle, posso comprenderle, sentirle solo in rari momenti d'empatia.

L'esperienza è individuale per definizione. Quando uno yogin perviene alla realizzazione, le altre menti non si liberano con lui. Attraverso le porte dei sensi giunge una realtà già convenzionale, perché limitata dall'ampiezza, dal potenziale dei sensi, dalle frequenze che riusciamo a udire, dalle vibrazioni dello spettro che riusciamo o non riusciamo a vedere.

Per generalizzazioni e semplificazioni successive ordiniamo i dati dei sensi in un mondo che ha una coerenza, abitato da cose con una solidità che pare ai più ineluttabile, un luogo, qui e ora, dove esistono gruppi umani, ceti, dinamiche economiche, sociali, storiche, dove c'è la politica, le lotte di liberazione, dove agiamo e dove alcuni sentono responsabilità che chiamano storiche o collettive ma che sono semplicemente umane: l'obbligo interiore che spinge a vivere all'altezza di quello che si pensa.

Io e la protagonista di questo romanzo siamo vicini, perché compagni. Una delle responsabilità che sentiamo è impegnarci in una lotta egualitaria, perché, dal nostro punto di vista, all'interno del conflitto incessante che genera la realtà questo è non solo giusto astrattamente, in termini morali o religiosi, ma è anche l'unica strada possibile, davvero praticabile. Per noi l'utopia vera è quella in cui vivono immerse le élite del pianeta, un modo di vivere sconsiderato e assurdo, uno stile di vita che è insindacabile e garantito da telecamere, tornelli, manganelli, reticolati e così via fino all'arsenale atomico, e che consiste nel far pagare al mondo i nostri gadget, le nostre sicurezze, le nostre idee fisse a proposito di quello che è auspicabile o giusto vivere.

Non c'è oggetto di consumo che non grondi sangue.

Questa consapevolezza dovrebbe farsi strada in tutti noi. Dovremmo saperlo, esserne consapevoli. Dovremmo capire la portata della tragedia che gli oggetti d'uso che formano il nostro modo di vivere e il nostro rapporto col mondo incarnano e nascondono. Certo, lo sappiamo, in via concettuale; la dinamica dello sfruttamento planetario, incessante, non ci sfugge. Ne siamo edotti. Siamo occidentali, colti, nutriamo magari anche opinioni o posizioni critiche sullo stato delle cose, o almeno su parti, sezioni, porzioni, aspetti dello stato delle cose.

Ma è utile un esercizio di visualizzazione, come quelli che si fanno in certe forme di meditazione. Vediamo l'iPad che gronda sangue, vediamolo con gli occhi della mente, sentiamo le grida e le voci dietro al cellulare che colonizza il nostro tempo di vita. Voci, volti e grida che incontreremo in queste pagine, poiché uno degli elementi chiave che fabbricano, attraverso gli smartphone, diversi piani della nostra realtà quotidiana è il coltan, e il controllo del coltan è quello per cui principalmente si combatte in una delle zone dove la nostra protagonista incontra le sue avventure, la parte principale del suo processo di formazione.

Uno

«È l'unica che possiamo permetterci.»

Una casa abbandonata che un bianco ha lasciato a metà. Voleva passarci le vacanze. Nessuno sa o ricorda perché sia stata lasciata così, né che fine abbia fatto quell'uomo. Sono indecisi anche su che nome avesse. Roberto o Caetano qualcosa. Appartiene a un mondo trascorso, come molte altre cose qui. I pescatori utilizzano da anni quest'edificio come rimessa: al pianoterra le reti, le boe, altre attrezzature.

«Non è sicuro. Abbiamo le nostre, di attrezzature. Dal punto di vista della produzione è la cosa più stupida che possiamo fare.»

«È l'unica che possiamo permetterci. E non è male.»

È un mezzo rudere ma sorge sull'oceano. E c'è una terrazza. Del portone, massiccio, imponente, dovremo condividere le chiavi con i pescatori.

Siamo a Ribeira da Barca, sull'isola di Santiago, arcipelago di Capo Verde, per girare un documentario. La storia che abbiamo trovato, e di cui vogliamo parlare, ci è parsa assurda, straniante, dolorosa, eroica, eppure è il quotidiano della gente di qui. Il tutti-i-giorni della gente di qui.

Il nostro è un team giovane, un collettivo di autori che ha base a Londra. Dopo una campagna di *crowdfunding* coronata da un successo per niente scontato siamo finalmente sul campo.

Saliamo le scale. Ci sono tre stanze, una con vista sull'oceano. Il bagno c'è, ma la casa non ha acqua corrente. La polvere è ovunque. Manca un pezzo di tetto, avremo un bel faticare per tenerla pulita. Nella mia camera c'è un armadio ma la polvere si infiltra anche attraverso le ante chiuse. Occorrerà ricoprire tutti i vestiti con un telo. Con il tempo dovremo affinare alcune tecniche per conservare il cibo. Gli scarafaggi escono da tutte le parti. Lo terremo appeso a corde tese da una parte all'altra del corridoio, dentro sacchetti di plastica, anche per via delle formiche.

La terrazza al secondo piano ci offre una panoramica del luogo. A sinistra il paese. Di fronte l'oceano. A destra le barche dei pescatori, piccoli legni a remi, dipinti in bianco, blu e rosso.

Le stanze, non è che ce le siamo proprio assegnate. Gabriel, con il suo solito spirito comunitario, si è accaparrato subito la migliore. Marco ha avuto quella che si affaccia sull'oceano e sul risveglio dei pescatori. Non poteva saperlo, ma da lì a poco avrebbe rischiato di strippare: all'alba, sotto le sue finestre, si sarebbero alzati rumori, stridii, grida, tonfi.

Camera mia e di Jamie, il mio compagno, non dà sul mare e non ha finestre, ma il suono della risacca arriva fin dentro il loculo ed è bello. Quando soffia il vento, la sabbia della *bruma seca* ricopre più o meno tutto.

Questo posto avrebbe finito per piacermi.

La storia che eravamo venuti a cercare riguardava Zé, che era emigrato in Svezia da piccolo ed era diventato un calciatore professionista. Tornava a Ribeira da Barca per trovarla molto cambiata. Non c'era più la spiaggia. Il mare aveva mangiato molti metri sulla riva e al posto della sabbia ora c'era solo una striscia di ciottoli grigi.

Era la sua voce che avrebbe guidato lo spettatore dentro la vicenda. Una vicenda di globalizzazione, impoverimento, disastro ecologico, che aveva costretto una comunità a una lotta per la sopravvivenza simile a una pena da inferno dantesco.

Quando eravamo giunti a conoscenza della vicenda, avevamo deciso che occorreva documentarla. Era solo un altro tassello nel mosaico funereo che l'economia globalizzata aveva composto devastando modi di vita, comunità e quindi culture, ma ci sembrava contenesse un potenziale narrativo che poteva essere compreso, capito ovunque, che poteva suscitare empatia; ci sembrava che non fosse inutile dare voce a Zé, il calciatore, e alla sua gente.

Da subito qualcosa di quel luogo risuona in parti profonde, lontane, della mia esperienza. Sono cresciuta nel Brasile rurale, nel Nordest; i miei, bolognesi, erano là come cooperanti in un progetto di sviluppo. Le mie esperienze dell'infanzia riguardano un luogo molto lontano dall'Europa, in molti sensi. Non comprendo il creolo di Capo Verde, ma la sua base è portoghese. E la gente, qui, assomiglia ai nordestini, soprattutto nel modo di affrontare la vita. I suoni e i ritmi della musica hanno echi simili a quelli sull'altra sponda dell'oceano.

Tra le persone che seguiamo per il documentario, io mi sono innamorata di Ja. Innamorata. Molti tra quelli che mi conoscono dicono che il mio modo di vivere i legami sia simile a un innamoramento. Certo è che questa donna forte, muscolosa, imponente, tratti del volto regolari, occhi profondi tagliati a mandorla, mi piace. E siamo amiche, con tutte le difficoltà che derivano dal vivere mondi apparentemente agli antipodi. Le difficoltà che vengono dalle nostre culture di origine, dall'introiezione del colonialismo. Ma questa è un'analisi tutta da condurre, ancora.

Ja, i primi tempi.

Molto timida, riservata.

Ricordo le sue reticenze iniziali nel prendere parte al documentario. Potevo capirla.

Non sapeva esattamente cosa avrebbe significato nel concreto, quanto avrebbe modificato il suo quotidiano, quanto avremmo invaso la sua vita.

Non credo immaginasse un'amicizia. La nostra frequentazione all'inizio era regolata dagli impegni dello shooting. Era una questione in fondo tecnica: le esigenze della produzione venivano prima di tutto. La vedevo nella spiaggia di Charco mentre lavorava, oppure in compagnia di Zé (sono cugini), o durante un'intervista. Tutte cose legate al documentario.

Una volta svolti i compiti legati alla produzione – nel documentario, che si chiamerà *Sandgrains*, sono direttrice della fotografia – io avevo voglia di stare in mezzo a donne. Passare del tempo con altre donne, perché per la maggior parte si trattava di avere a che fare con uomini: pescatori, raccoglitori di sabbia, contadini, politici capoverdiani, oppure quelli della mia crew, italiani, svedesi, inglesi. Provenienti da culture meno machiste di quella capoverdiana, almeno in apparenza. Ma pur sempre uomini.

Quindi stare con Ja e le altre fu da subito una questione mia, personale, un'attitudine comunitaria, il desiderio di condividere la realtà di altre donne; non mi sono mai nascosta un'altra motivazione, o meglio una serie di altre motivazioni tutte connesse.

Entrare nei recessi del quotidiano di Ribeira da Barca attraverso gli occhi di Ja e di fianco a lei era un'occasione, un dono dal punto di vista della comprensione dell'esistente, dal punto di vista umano, e politico.

Attraverso di lei pensai che sarebbe stata interessante una storia fotografica: al centro, la vita di una giovane donna della mia età, con un destino così differente dal mio. Mi sembrava incarnasse una condizione comune, generale.

Ho provato a mettermi nella sua pelle, credendo che lei potesse accogliermi senza intenzioni nascoste. Ja era curiosa, e io ero diversa, e le piacevo. Non c'era nemmeno il desiderio di sfoggiare l'amica bianca, cosa che ho ritrovato in molti luoghi del pianeta.

La sentivo pura, diretta, dentro alle cose del quotidiano. Non mi ha mai chiesto niente. Niente a che vedere con quel che poi mi è accaduto regolarmente nei luoghi dove il conflitto corrompe in molti modi i rapporti umani. Ja, semplice e orgogliosa, dolce, duttile, attenta.

Sapeva, più o meno, quando parlare, quando provare a imporsi. Ma sapeva sempre quando era meglio tacere.

Una mattina, sono a Ribeira da pochi giorni, dalla terrazza vedo una donna che mi sembra anziana vagare tra le barche. Si muove in un modo strano, energico e sospeso, senza una direzione o una motivazione apparenti. È corpulenta, vestita come le donne anziane di qui. Fazzoletto in testa, una camicia, una lunga gonna. Cammina a piedi nudi. Ogni tanto posa la mano su una murata, chinandosi su un fianco.

Non capisco cosa stia facendo, o se stia facendo qualcosa. Riesco per un istante a coglierne il volto, e lo sguardo. Il viso è segnato da rughe e lo sguardo ha una fissità dolorosa. Eccola scambiare qualche parola con un pescatore, che sembra trattarla in modo indulgente. Confabulano a bassa voce. Lei si allontana con uno strano passo ritmico. Il pescatore, che sta dipingendo il fianco di uno scafo, scuote il capo. Lei si muove tra le barche, che formano un labirinto disordinato. Poi a un certo punto sembra decidere. Esce dal dedalo e si allontana, facendo cenni che non comprendo verso il pescatore e verso l'oceano.

Quella stessa notte sogno una scena simile.

Le barche sono pezzi di automobile riassemblati che circondano un peschereccio bianco, enorme, spettrale. C'è uno squalo, lo stanno issando sul ponte con una carrucola. La mole grigio argento copre per un istante la luce del sole. Facce sudate, stanche, richiami eccitati. Gli aprono il ventre con una specie di mannaia e dal ventre fuoriescono le viscere, simili a quelle dell'uomo, il sangue scorre a fiotti e a rivoli. Tornano alla luce le prede divorate; ci sono corpi riconoscibili di animali marini, altri corpi simili a larve consunte, esseri già quasi digeriti dalla consistenza di ectoplasmi, banchi di piccoli pesci con il muso appuntito che costituiscono la maggior parte del magro pescato dei locali e che sembrano ancora vivi. Poi c'è una foto, che esce intatta dalla pancia del pesce; io sto rimestando con un manico di scopa tra gli oggetti, che sono familiari, ma alcuni appaiono indistinti, incomprensibili. La foto la vedo bene: c'è una corte di preadolescenti vestiti di bianco, attorno a una bambina. Anche lei è vestita di bianco. C'è una scenografia, brillano lustrini, un clima di festa. La foto sembra cosparsa con i brillantini che si usavano a scuola, che si incollavano alle pagine per decorare scritte e disegni. La bambina è già l'immagine stereotipata di una donna. So che balla e canta. Tutti nella foto lo fanno ma specialmente lei. La guardo in volto, mi pare di ricordare la sua voce.

Mi sveglio.

Due

Al largo di Capo Verde gli squali veri vengono pescati solo per le pinne. Sono le barche dei paesi europei e asiatici a farlo. Si potrebbe pescare solo il tonno, in teoria, questi gli accordi con il governo, ma si pescano principalmente squali. Li issano, mozzano le pinne a una a una, ributtano i corpi mutilati, i tronconi di carne in mare. Riempiono container su container di pinne destinate al mercato orientale. Un'ecatombe quotidiana, incessante.

Mancando di predatori, i pesci che costituivano il pescato tradizionale dei pescatori locali e su cui si reggeva l'economia dei villaggi sull'oceano non sono più costretti a passare sottocosta e stanno al largo, dove squali ce ne sono sempre meno e le barche dei capoverdiani non arrivano. Per questo Ja e gli altri, a Ribeira da Barca, sopravvivono vendendo la sabbia, estraendola dal mare. Per questo la spiaggia non c'è più.

L'acqua salata imbeve i ciottoli della linea costiera, dove una volta c'era la sabbia; filtra nel terreno, impregna il suolo, contamina le falde di acqua dolce. Le colture si impoveriscono, l'agricoltura tradizionale crolla a mano a mano che gli squali vengono fatti a pezzi. I pesci non si avvicinano a riva e la gente di Ribeira da Barca scava sabbia dal mare, la ammucchia e la rivende ai costruttori, ai palazzinari. Tutte le nuove costruzioni di Assomada, nell'interno dell'isola, sono costruite con la sabbia dell'antica spiaggia, ma gli estrattori della materia prima, i minatori di sabbia, non trattano direttamente con i costruttori. Il prezzo è deciso dai camionisti.

La pesca tradizionale ormai è destinata solo alla sussistenza. Nessuno guadagna più denaro, qualcosa di simile a uno stipendio, pescando. A volte gli uomini di Ribeira escono con un peschereccio a motore preso a nolo, una grossa barca sui quindici metri. Costi di noleggio e carburante – gasolio – altissimi.

C'era bisogno di una scena che sintetizzasse il rapporto tra le modalità di pesca tradizionali, man mano sempre più inutili, e i nuovi modelli imposti dalla presenza delle navi da pesca europee al largo. *Sandgrains* doveva essere un'opera anfibia, tra mare e terra, tra mondi apparentemente lontani ma legati indissolubilmente, prima che dalla globalizzazione, dalla natura interdipendente di tutto quanto esiste, cose, eventi, fenomeni.

Vengo scelta io per le riprese e ne sono molto contenta. Dalla descrizione non troppo precisa che ci fanno i pescatori, la battuta di pesca si svolgerà di notte, al novilunio. Per un motivo che non capiamo bene è necessaria una notte senza luna, e la pesca durerà fino all'alba. Sono incuriosita ed eccitata.

Come avrebbero pescato? E cosa?

Vado da sola. Non posso fotografare e riprendere nello stesso momento, la priorità deve andare alla realizzazione del documentario.

I pescatori mi avvertono che farà freddo. Mi sembra inverosimile: è febbraio, la temperatura e di circa trenta gradi più o meno sempre, ma decido di seguire il consiglio. Tutto ciò che ho di pesante sono un paio di jeans lunghi che uso per le occasioni più o meno formali, una felpa e, fortunatamente, un piumino.

La notte della partenza l'appuntamento è per le due. È già buio da ore, non capisco bene perché non si sia partiti prima di mezzanotte. Penso che l'ora sia dettata dalle abitudini della preda, che ancora non ho capito quale sia. Forse, più presto, quei pesci semplicemente non sono attivi, oppure se ne stanno troppo vicini al fondale.

La mente è percorsa da fantasie e paranoie.

Una volta partita, il cellulare non funzionerà più. Anche se il comandante del peschereccio, Nelson, è uno dei protagonisti del film, e quindi conosce bene tutta la crew di *Sandgrains*, non è facile mettere a tacere le paranoie: tredici uomini capoverdiani, varie ore al largo su un barcone, notte, niente telefono. Ma io voglio vedere come si pesca senza luna.

Non ci sono solo pensieri contratti e preoccupati. C'è qualcosa d'altro più al fondo, più interno, nella zona dove le sensazioni del corpo e gli strati profondi della mente sono un unico territorio. L'istinto mi dice che sarà un'esperienza memorabile. Istinto o intelligenza femminile?

Intelligenza ricettiva, analogico-induttiva: sento l'eco, il presentimento di qualcosa. E voglio viverlo.

Dal molo, con piccole barche a remi, raggiungemmo la barca a motore. Tutto al buio. A bordo si accesero le luci. I pescatori si infilarono le tute di plastica, calzarono i berretti, si misero a rattoppare le reti. Io ero incuriosita, mi sentivo ferma e tranquilla. Nelson mi faceva da cicerone e spiegava i dettagli del funzionamento dei comandi ai quali portavo attenzione con una parte del cervello, perché, come spesso accade, c'era una parte della mia testa, invece, interessata a una visione d'insieme. I particolari, quelli determinanti per me, necessariamente sono io a doverli cogliere.

Il peschereccio si mise in moto. Cominciammo ad allontanarci dalla costa. Spensero le luci. La spiegazione di come avremmo fatto a trovare il pesce era molto vaga. Sonar e satellitare non funzionavano. Pagavano una fortuna per la barca e le attrezzature che avrebbero potuto fare la differenza erano inservibili. Non c'era modo di individuare i banchi di pesce sotto la superficie. Il fatto che fosse del tutto buio mi confondeva ancora di più.

Incrociammo molto a lungo, al largo. I volti dei pescatori erano amari, preoccupati. Dicevano che non si trovava nulla. Tutti sapevano che quella nottata sarebbe costata moltissimo denaro, e più si muovevano più sarebbe costata. E se non trovavano niente, era già accaduto altre volte, sarebbe stata una sconfitta, un disastro.

Nelson stava fuori dalla piccola cabina di comando, sulla prua, e guardava attento il mare nero, buio. La barca aveva rallentato. Gli unici rumori erano il borbottio dei motori e l'acqua che sciabordava sulle murate.

D'improvviso Nelson mi chiama e mi dice: «Vedi? Eccoli!».

Un banco di piccoli pesci nuotava sotto di noi. I corpi emettevano una debole luminescenza biancastra. Qualsiasi luce artificiale o naturale li avrebbe resi invisibili perché la luminescenza che propagavano era davvero lieve. Rimasi senza parole. Ero magnetizzata da quella scia biancastra che correva sotto di me. Lo sentii come un evento magico.

Pensai a mia nonna materna. Per qualche motivo ogni volta che mi trovo in situazioni estreme, molto spesso di fronte a spettacoli naturali particolarmente toccanti, lei, mia nonna, mi viene in mente.

Mesi dopo, in Congo, sempre di notte, mi avrebbero bloccata a un checkpoint di ribelli, in un'area della foresta che era terra di nessuno. Sarei dovuta tornare a Goma dopo essere stata sul campo, *embedded* al seguito del gruppo ribelle Mai Mai Shetani. Altri ribelli avrebbero fermato la nostra jeep, dicendo che non potevamo proseguire. Alla mia destra, il vulcano attivo Nyiragongo. L'alone rosso sulla cima che ci sovrastava e minacciava, meraviglioso, tutto il territorio. Sopra di me, il cielo nero, bucato da milioni di stelle. Intorno a me baracche, ribelli armati, camion fermi, gli autisti che dormivano vicino alle ruote. L'unica cosa che avrei voluto fare era uscire, montare il cavalletto e prendere una foto notturna di quella scena che stavo vivendo come un'esperienza memorabile.

Anche in quella situazione sentii forte la presenza di mia nonna. Mi impedirono di uscire, non era sicuro. Spari in lontananza. Chiusi gli occhi, fermai l'impeto e respirai a fondo come per assorbire tutto, il più possibile, perché la scena si stampasse nella memoria.

Con Nelson e gli altri, su quella barca, la visione dei pesci luminescenti fu l'apice dell'esperienza. Infotografabile. Nemmeno con una macchina da milioni di euro, con milioni di Iso, avrei potuto catturare quella luminescenza.

Dopo l'avvistamento, Nelson diede ordine ai suoi uomini di fermare la barca e procedere con le operazioni di pesca. Buttarono le reti e una volta issate accesero le luci. Tredici pescatori impegnati in un lavoro tutto manuale e faticoso ma alla fine le reti erano tutt'altro che piene. Sfilarono uno a uno i pesciolini, spesso coi denti, dalla coda, e li buttarono per terra o dentro alcuni secchi. Da lì li travasavano in un pozzetto pieno di ghiaccio.

Torniamo verso Ribeira. Ormai è l'alba. Ci fermiamo al largo mentre la luce intorno è azzurra e surreale, vicini alla costa ma non vicini a Ribeira, né a nessun altro luogo abitato. I pescatori cincischiano. Chi accomoda una rete, chi si sfila la tuta di plastica. Chi contempla il mare, chi canta. A un certo punto uno accende la radio che trasmette musica capoverdiana. Un altro si mette a improvvisare un passo di *funanà*.

Non capisco bene cosa aspettino, che senso abbia questa fase. In situazioni come questa evito di fare domande, le faccio solo se proprio servono. Non sempre hai davvero bisogno di molti particolari per comprendere esattamente cosa succeda, per afferrare davvero il significato. Per quanto mi riguarda, lasciarsi andare, capire meno, equivale a vivere di più. Quindi decido di godermi la scena, ma poi improvviso un po' di *funanà* pure io. Lo so ballare, è il ballo più popolare a Capo Verde, e ho imparato i passi.

La barca si rimette in moto. Nelson mi chiede se voglio provare a dirigerla. Mi sento come quando portano i bambini su un pony. Sto al timone per qualche minuto, la scena è divertente, chissà cosa pensa davvero Nelson di me. Chissà se qualcuno si interroga sulle mie motivazioni.

Incontriamo un gruppo di pescatori su barche di legno, li salutiamo, rallentiamo, scambiano informazioni in creolo. A quel punto capisco che non c'è proprio più fretta. Chiedo di poter salire su una delle barche piccole, in modo da prendere una foto di tutti i pescatori della nostra. Ho una cartolina vera e propria in testa, tutti in posa, ed è quello che accade spontaneamente, senza troppe indicazioni. Stamperò questa foto e gliela lascerò per ricordo.

Torniamo a Ribeira da Barca. Al molo ci sono le famiglie. Nelson spiega che il risultato della pesca è stato disastroso, come al solito. Il pesce è sufficiente a malapena per i prossimi due giorni, e per coprire i costi del noleggio dell'attrezzatura. Nessun guadagno per i tredici pescatori che hanno passato la notte in mare.

La sabbia resta la sola via alla sopravvivenza.

Ja ci lavora giorno dopo giorno, cavandola dall'acqua gelida dell'Atlantico. Ha provato più e più volte a ottenere un visto per un paese europeo. Le esistenze stanno chiuse dentro un circolo vizioso: il governo concede licenze di pesca industriale, gli squali spariscono, i pesci girano al largo, le barche dei capoverdiani non riescono a raggiungerli, si scava la sabbia, il paesaggio viene violentato, la terra dei campi diventa salata, le colture muoiono, la gente è sempre più povera, i camionisti pagano poco, una parte del paese viene eretto sulle spoglie di un modo di vivere tradizionale.

L'energia maligna del circolo vizioso, del *loop*. Ja cerca di rompere l'incantesimo provando ad andarsene. I suoi tentativi di avere un visto, però, si scontrano con la corruzione delle autorità locali. I tentativi costano denaro. La partenza non arriva. La sabbia, ormai, bisogna scavarla in acqua, giorno per giorno.

Ja ha trent'anni e dice di se stessa di essere giovane. Allude al fatto di avere una vita davanti, e delle possibilità di cambiamento. Non è affatto scontato. Trent'anni, una figlia a carico che non ha il padre. Ja, la *segunda* di un uomo sposato con un'altra. Il suo lavoro è estrarre sabbia in condizioni economiche precarissime. Alla sua età è quasi normale essere nonne a Capo Verde. Questa piccola cosa mi ha sempre fatto pensare che Ja ha una forza interiore molto grande: è lo spazio interiore del pensiero «posso cambiare» che è una cosa enorme.

Diario di R.P.

Bologna, 20 maggio 2015

Quale fase vivevo io prima dell'incontro con F.?

Nel 2010 ero tornato a suonare con i Nabat. Dopo un decennio di lontananza, e anche di ostilità, ero di nuovo a casa. Nel frattempo la band aveva assunto una posizione di culto. Il seguito era devoto, non solo in Italia ma anche in Francia o in Spagna. Ricominciare a suonare era stata una sofferenza fisica. Non avevo più muscoli nelle mani né calli alle dita. Le corde facevano male, mi svegliavo con i crampi perché suonavo ossessivamente.

E mi ero riabituato al palco. Soprattutto avevo sentito di nuovo la forza dei legami che mi univano a quella musica di rabbia e riscatto e alle persone che avevano significato quasi tutto per lunghi anni della mia vita.

Ma una parte di me non viveva fino in fondo quella che sentivo essere un'esperienza centrale, un nodo di ritorni ciclici da sciogliere, e finalmente comprendere.

Ero lontano dalla strada da anni, e non era mai successo. Invece, *il Vèz*, sulla strada ci viveva. Tutti i mestieri che aveva fatto nella vita c'entravano con la strada. O cantante nel più famoso gruppo *street punk* italiano o camionista.

Mentre mio fratello viveva così, io campavo scrivendo e diventando quasi celebre, almeno tra chi legge certi libri. Steno mi insegnava di nuovo il palco e quella forma di rock'n'roll che ci ha segnato la vita. Padre Amorth a modo suo ha delle ragioni.

Io pensavo sempre di più alla musica e sempre meno alle parole. Paradossalmente, bene o male che scrivessi prima, bisogna sempre vedere in relazione a quale standard intendo, mi sembrava di scrivere meglio, con più registri, con dialoghi credibili, sempre dentro storie molto ambiziose. Giannizzeri, rivoluzioni, guerre mondiali.

Ma pensavo solo alla musica.

Per farla breve, un corso di cose ha fatto sì che da questo punto dell'esperienza io mi sentissi musicista e affratellato con chi viveva di musica, vale a dire di compensi irrisori e migliaia di chilometri all'anno di furgone.

Mi sentivo rinnovato. Più le mie condizioni materiali divenivano precarie, più mi sentivo stranamente rassicurato. Va detto che sono solo, niente moglie né figli. Non avevo pressioni.

E avevo conosciuto F. Si era presentata alla palestra popolare dove tengo un corso di muay thai. Voleva imparare. Era coordinata, muscolare. Anni di danza.

In mezzo a molti altri allievi, spiccava.

Era attenta. Sembrava avesse voglia di soffrire e si allenava duro. Prometteva bene.

Tre

Sto sbobinando un'intervista con Ja, febbraio 2012. Finisco di trascrivere e guardo dal finestrino dell'aereo.

Le Alpi.

Non oso immaginare quanto possa pesare a livello ambientale questo volo e scrivo su un laptop da duemila euro che basterebbe a pagare il materiale della casa che Ja vuole costruire.

Devo farmi forza perché il peso dell'ingiustizia non mi abbatta, non mi paralizzi.

Passa un ragazzetto, lo steward ventenne della Ryanair; è un italiano, migrante, spinge un carrellino, vende biglietti gratta e vinci, in palio una macchina nuova e un viaggio a Las Vegas. Mi manca il fiato per un istante, mi manca qualcosa di vitale anche se ci sono, sono qua, presente.

Vorrei essere scalza con Ja di fronte all'oceano. Scendono un bel po' di lacrime. E mi viene in mente la volta che andammo ad Assomada. Ja voleva mettere i soldi in banca perché non si sentiva sicura a tenerli in casa. È stata la prima volta che Ja e io ci siamo allontanate da Ribeira da Barca insieme. Fu un vero casino convincere il suo fidanzato a lasciarla andare.

Dopo lunghe trattative – con me presente – riusciamo a partire, prendiamo il taxi collettivo e dopo già un bel po' di strada percorsa lui la chiama. Ha cambiato idea. Passa qualche istante e comincia a urlare al telefono. La conversazione prosegue a frasi brevi, secche, finché lei interrompe la chiamata.

Sono scossa e indecisa, le chiedo se vuole fermarsi.

Facciamo cenno all'autista, che accosta.

Siamo in mezzo al niente, le montagne dell'isola di Santiago sono brulle, un deserto.

Lei è silenziosa, imbronciata, guarda dall'altra parte per vedere se arriva un altro taxi collettivo. Torniamo a casa.

Ad Assomada ci siamo andate un'altra volta. Siamo state alla scuola di Jeciny, sua figlia, poi al mercato e al bar dove abbiamo preso un succo. Era un bar con una terrazza che dava sulla piazza centrale. Ja era eccitata e timida. Era in vacanza. Sorrideva.

INTERVISTA A JA, CON MARCO E ZINEIDA

Ribeira da Barca, 20 febbraio 2012

F – Ja, quando è stata la prima volta che hai provato ad avere il visto?

J – Molto tempo fa. Andavo ancora a scuola, ma avevo già Jeciny. Una sua zia che sta in Svizzera mi aveva inviato i documenti che servivano. Sono andata all'ambasciata, glieli ho mostrati e loro mi hanno dato un formulario con ancora altri documenti da presentare.

Torno in ambasciata con tutti i documenti, proprio tutti, e loro li mandano a Dakar. Dopo quindici giorni mi dicono di presentarmi. Mi presento, «*Bom dia*», «*Bom dia*», e dico che sono tornata per avere la mia risposta.

Mi rispondono di aspettare. Aspetto.

Poi mi chiamano. Entro, mi danno il passaporto. Lo guardo e gli dico: «Ma non c'è il visto!». E loro: «No».

Ho pianto. Mi era costato fatica, andavo tutti i giorni in spiaggia a lavorare, poi ad Assomada, e avevo speso un sacco di soldi, perché per quei documenti avevo dovuto pagare. Ce ne sono da mille escudos, duemila escudos... Ma era stato inutile.

Poi la zia di Jeciny mi chiama, io le dico che non ce l'ho fatta ad avere il visto. Lei mi dice che riproverà. Dopo sei mesi altri documenti, torno in ambasciata, provo ancora una volta... niente.

Le ho detto, alla zia, che non ci avrei più riprovato. Ci perdo solo dei soldi, non serve a niente. Il documento buono non posso averlo. Costa troppo. Troppa corruzione.

F – Quale visto occorrerebbe?

J – Un visto normale, turistico. Costa tanto. Le persone che partono per l'Europa spendono un sacco di soldi. Ma anche se ce li avessi, non partirei. Non vale più la pena. C'è crisi, costa tutto un sacco di soldi e i soldi non ci sono più.

F – E adesso cosa pensi, cosa succederà nel futuro? So che vuoi cambiare lavoro.

J – Dovrei trovare un lavoro che mi dia almeno lo stesso di quello che guadagno a Charco e allora cambierei. Però sì, penso che un giorno dovrò andarmene da Charco. Per ora non c'è altro lavoro, ma sono ancora giovane. Penso che un giorno la mia vita cambierà.
F – Che tipo di lavoro vorresti fare?
J – Non so... Se avessi i soldi vorrei finire gli studi, e a quel punto potrei vedere se riesco in qualche cosa, a dare lezioni, vorrei essere insegnante alla materna, lavorare coi bambini. Io per ora ho il decimo anno. Se adesso ricomincio devo ricominciare in una scuola privata, non pubblica, perché sono fuori età. Ma la scuola privata è molto cara, 5500 escudos. Ho l'affitto della casa da pagare e devo mangiare. E poi c'è Jeciny! Deve andare a scuola! L'Europa? Impossibile, non c'è modo. Se trovo i soldi costruirò la mia casa. Vedremo.
F – Quanto manca ancora per finire la casa?
J – Non manca molto, no. Adesso ho un po' di soldi da parte, ce li ho qua, in casa. Quel giorno che volevo andare ad Assomada, ti ricordi? Volevo andare a metterli in banca, non è buono tenere i soldi in casa. Non manca molto. Credo che... sì, non manca molto. No, non manca molto. Ne metterò un po' da parte mia, G. ne metterà un po' da parte sua, mi aiuterà e così finiremo la casa. Vedremo.
F – Lui ti aiuterà un po'?
J – Sì.
F – Col materiale per costruire o con denaro?
J – Tutti e due.

M – Ma se tu avessi tutti i soldi che vuoi, quale sarebbe la tua priorità?
J – Gli studi. Io vorrei fare l'insegnante. Se avessi i soldi, la priorità sarebbero gli studi, poi la casa, il lavoro. Poi non mi serve più niente. Casa e lavoro, questa è una vita normale per me. Non voglio essere ricca e avere potere. Voglio stare qua serena con mia figlia. Un po' di conforto, questo è quello che mi piacerebbe. Non essere ricca e potente...
F – E tu, Zi, che farai da grande?
Z – Voglio fare l'hostess.
J – Devi studiare molto per fare l'hostess.
M – E perché l'hostess?
Z – Perché è il mio sogno. Però mi piace anche stare qui.
F – Ti piace stare qui?
Z – Capo Verde è una terra piena di pace, armonia e fortuna. Non ci sono guerre. E ci sono tanti bei paesaggi.
J – Zineida, Zineida... A te non piace parlare, ma se vuoi essere hostess devi parlare molto!
F – Esatto, pensavo lo stesso!
J – Eh, sì, deve parlare molto, aiutare le persone sull'aeroplano, ci sono persone che si imbarcano da tutte le parti del mondo, devi sapere le lingue. Devi parlare portoghese, inglese, francese, perché negli aeroplani si imbarcano persone di tutti i paesi e quindi devi parlare molto. Sì, bisogna mettere la vergogna da parte e bisogna parlare. Io non ho paura di parlare. Be', se avessi potuto esprimermi in creolo sarebbe stato diverso, perché il portoghese non è difficile però non è la mia lingua!

Quattro

Il lavoro di cavare la sabbia è duro, le condizioni sono difficili. È faticoso, ripetitivo. C'è un connotato di insensatezza, di punizione. Lo avverto con chiarezza. Attraverso l'obiettivo, la fatica quotidiana degli abitanti di Ribeira da Barca – quasi tutti lavorano a Charco – entra in un dominio di rappresentazione. Non si possono percepire odori, né sensazioni tattili: la fatica è evocata, traspare dai volti e dai gesti, ma chi guarda le immagini non l'avverte, il freddo dell'acqua non bagna e il vento non asciuga.

Mentre guardo il girato di oggi, sento che manca qualcosa, non al concetto del documentario, non allo script. Le riprese sono buone. La storia ci convince. È che riportiamo da Ribeira da Barca solo una frazione di esperienza. La sofferenza quotidiana delle donne e degli uomini della spiaggia – la chiamano ancora così – resta confinata in quei corpi. Ci sono molti passaggi, molte soglie che separano l'esperienza diretta dall'esperienza mediata, lontana, di chi guarderà quelle immagini e sentirà quei suoni. Chi guarderà il documentario vivrà un'esperienza estetica che forse parlerà al cervello e forse toccherà il cuore, ma è un dato di fatto che la fatica, il vissuto duro del corpo, il modo in cui viene modificato, logorato dal tempo del lavoro, rimarrà difficile da immaginare.

Mi arrovello. Se un corpo potesse provare le esperienze di un altro corpo, se una mente potesse provare le esperienze di un'altra mente, non per colonizzarle o controllarle, se ci fosse un mezzo tecnico che consentisse un livello di empatia dato anche dai sensi, che ricadute avrebbe sulla società, sugli assetti e sugli equilibri del pianeta?

Un dominio della rappresentazione che colpisca i cinque sensi.

Mentre osservo il lavoro, l'andirivieni dal mare alla striscia di ciottoli su cui si ammonticchiano cumuli di sabbia, penso che in questo documentario si vedranno mutilare squali e ributtarli in mare, un calciatore del campionato svedese che torna sulla spiaggia dove ha tirato i primi calci e la spiaggia non c'è più, letteralmente. Si vedranno pescatori che affittano un peschereccio per provare a raggiungere il pesce più lontano dalla costa e che tornano a mani vuote, politici locali ed europei che si occupano, si sono occupati o si occuperanno del problema. Si vedranno le strade di Praia, la capitale di Capo Verde, un luogo duro, pericoloso, dove la troupe sembra utilizzare i mezzi tecnici del mestiere, le macchine, i microfoni, come una protezione, un filtro, una corazza. Si vedranno scorci delle montagne dell'interno, e ci saranno riprese sott'acqua, mentre un pescatore prova a procurarsi un po' di pesce per il consumo diretto, per sé e per la propria famiglia.

Questa esperienza che viviamo serve per dire che la sofferenza e la gioia esistono, sono vere in tutti gli angoli del pianeta, che non esistono più luoghi remoti sulla Terra, che tutto influenza tutto ed è in relazione con tutto, e che l'ingiustizia grava su chi la subisce ma anche su chi la perpetra, perché ci sarà un prezzo da pagare per chi ha imposto al pianeta e ai suoi abitanti di funzionare come una macchina da profitto, senza altro scopo che il profitto.

Non posso non pormi il problema dell'efficacia. L'uscita eventuale del documentario susciterà qualche interesse, ma le vite di Ja, di Zé, di Zineida, Jeciny e di tutti gli altri non cambierà. Le dinamiche delle loro vite seguiranno un momento di inerzia sul quale il documentario non influirà più di tanto. Forse l'esperienza umana di questi giorni a noi servirà per crescere, per aggiungere un tassello al mosaico di esperienze che ci portiamo dietro e dentro. Ma a sentire la fatica, a sopravvivere senza prospettive o quasi e a perdere ogni giorno un pezzo di sé sarà sempre la gente di Charco, perché noi, con tutta probabilità, continueremo a essere solo spettatori.

Una domenica pomeriggio, nessuno lavorava; io ero stata da Ja a far chiacchiere. Da quando ero arrivata a Capo Verde lei sapeva che stavo cercando qualcuna a Ribeira da Barca che mi insegnasse a ballare il *batuque*. Ritmo ipnotico di percussioni, danza femminile e catartica, non potevo tornare in Europa senza averla imparata. Ja era un po' in paranoia perché voleva accontentarmi, ma alle nuove generazioni di Ribeira non poteva fregare di meno del *batuque*, apparentemente non c'era nessuno che lo sapesse ballare. Tutti ballavano il *funanà*, nei bar e nella discoteca locale. È un ballo di coppia, popolare, molto in voga. È anche bello da vedere, oltre che da ballare, richiede una certa intimità, ma i capoverdiani, gli uomini, non si fanno di questi problemi, con una bianca che si butta a ballare poi... Quindi il *funanà* l'avevo imparato bene o male, ma il *batuque* non si vedeva per strada. Forse non accadeva più che le donne si trovassero sole per cantare e ballare?

Quella domenica a Ja venne in mente che forse c'era una persona che avrebbe potuto aiutarmi. Una delle matte del villaggio, Xuxuca, una donna sui quaranta che purtroppo c'era rimasta sotto con il grog, sniffava tabacco e dicevano che non ci stava più tanto con la testa. Non era difficile cercare le persone a Ribeira da Barca. Ja aveva già sguinzagliato Zineida, la ragazzina tredicenne che abitava di fianco a lei, le aveva detto: «Trova Xuxuca!», e quella era partita alla ricerca.

Non dovetti aspettare molto, Zineida tornò indietro dopo una mezz'oretta insieme a una serie di ragazzini random, che si erano accodati per la strada, e questa donna. La riconobbi: era la stessa che avevo visto vagare tra le barche, una delle prime sere alla casa sul molo. Non parlava portoghese, solo creolo, un po' Ja un po' Zineida traducevano. Non aveva le reazioni di una persona comune, era intensa e assente nello stesso momento. Già piuttosto ubriaca di pomeriggio, ogni tanto prendeva da una taschina della maglietta il tabacco e se lo portava al naso. Aveva la gonna tipica capoverdiana, che è un panno arrotolato in vita e arriva fino a poco sopra le ginocchia, e un enorme crocifisso dorato appeso al collo.

Ja aveva preparato un cd e un piccolo impianto fuori casa sua e il *batuque* era già cominciato. Era arrivata anche una vicina di Ja, una ragazzina timidissima, che era stata praticamente obbligata a esibirsi.

Xuxuca comincia a muoversi e io non riesco a levarle gli occhi di dosso: il suo bacino prende ad animarsi di vita propria, lei entra in trance e ha gli occhi persi su chissà quale scenario interiore, chissà quale mondo. Ci provo anch'io, ma non è un movimento che mi viene naturale, nemmeno con dieci anni di danza afro alle spalle. Non c'è storia, con la sola imitazione non mi verrà mai. Continuo, poi finisco a fare passi a tempo ma che non hanno proprio niente a che fare col *batuque*.

Nel frattempo siamo diventate l'attrazione del circondario: alcuni bambini si sono arrampicati sulla casa di fianco e guardano increduli la scena dal tetto. Altri uomini e ragazzi osservano da lontano. Io, la *branca*, la bianca; la matta del villaggio; il *batuque* che non si balla mai; tutte quelle donne, i bambini: c'è qualcosa in quel mix che dice di non interferire.

Avevo abbandonato la macchina fotografica su un gradino della casa di Ja, ma improvvisamente mi venne in mente che avevo bisogno di un ricordo più vivido di quello della memoria. La condivisione che ci può essere dietro a un momento di danza è pazzesca, non c'è bisogno di parlare la stessa lingua, e l'energia che aveva iniziato a scorrere tra me e Xuxuca era palpabile. Ci abbracciavamo alla fine di ogni pezzo. Era come quando ballavo gli 883 durante la ricreazione, nel corridoio della mia scuola elementare, con le mie compagne di classe, ma mi tornarono in mente anche quella matrona baihana che faceva uno spettacolo di *candomblé* e il mio allenamento di afrodanza del giovedì a Bologna, con tutte le mie sorelle.

Insomma, comunque ero a casa, non potevo essere più felice. No, non avevo imparato il *batuque*.

Cinque

Seguì una cena molto intima con Ja. Mangiammo la *cachupa* e poi un'insalata, cosa pregiata data la scarsità di verdure. Per finire c'era il *bolo*, la torta. Era un evento, un'occasione speciale, non ero mai rimasta a cena da lei. Ero abituata a vederla indossare i pantaloncini e una maglietta di seconda mano che le mettevano in risalto i muscoli che aveva sviluppato nuotando e raccogliendo sabbia, invece quella sera indossava un bel vestito a fiori. Le donava. Certo più della maglietta con la scritta «*I'm your man's bitch*» che portava a volte senza comprenderne il messaggio.

Nella stanza, in penombra, la tv era accesa. *A vida da gente* era una telenovela che Ja seguiva tutti i giorni verso l'ora di cena. In quel posto, una sola camera senza bagno e cucina, mi sentivo a casa. Ja era a suo agio e io pure, con naturalezza ci stendemmo sul letto a guardare la tv. Tutte le altre volte che ero entrata in casa sua ero stata distratta dagli oggetti, i simboli, le cose appese. Pensavo a Ja quando aveva arredato casa. C'erano una serie di oggetti che noi consideriamo kitsch, tipo un tappeto attaccato al muro con il disegno di un motociclista stilizzato. Questa volta non prestavo attenzione a nient'altro che a quel che accadeva tra noi, come quando sei a casa di una vecchia amica.

Sul letto, mentre ironizzavamo sulla stupidità dei personaggi della telenovela, mi venne un flash. C'ero io in Brasile, nella nostra casa nel Piauí, col mio biberon, appollaiata sull'amaca in sala. Ero da sola, i miei erano al lavoro, avrò avuto sei anni e guardavo il programma di Xuxa alla tv. Xuxa era una ballerina-presentatrice televisiva-show-woman-cantante-modella brasiliana, bianchissima, biondissima, occhi azzurri, altissima, sempre vestita con miniabiti, shorts o gonnelline e stivali bianchi fino al ginocchio. Faceva programmi per bambini con quella mise assurda fine anni Ottanta. Cantava, ballava, era ovunque, non solo in tv, era sui quaderni, sugli astucci, c'era un fumetto su di lei, un intero pianeta Xuxa, e io ne ero follemente innamorata, volevo essere lei, e volevo quegli stivali bianchi. Poco importava che vivessi nella regione più calda e rurale del Brasile, che non esistessero stivali nel raggio di chilometri, che non fossimo nell'era di Amazon. Xuxa, oltre a essere pallidissima, non sapeva né ballare né cantare. Si diceva fosse l'amante di Pelé ed era diventata famosa grazie alle copertine su «Playboy», nuda. Ma era l'idolo dei bambini. Io imparavo i balletti che faceva con le sue vallette, cantavo le sue canzoni, e soprattutto stressavo i miei per avere quegli stivali.

Xuxa e le telenovelas: stesso mondo completamente inventato o, perlomeno, un mondo vero di pochi ricchissimi, ricreato per far sognare qualche ora.

Aveva funzionato con me e con migliaia di bambini, e le telenovelas funzionano ancora oggi con milioni di persone in tutto il mondo.

Ja mi chiese di rimanere a dormire da lei. Non ricordo perché rimandai ma fu una stupidaggine perché poi non ne ebbi più l'occasione. Mai rimandare qualcosa quando senti che è quello il momento.

Il lavoro per il documentario si svolgeva in un ambiente tutto maschile e io passavo ormai più tempo possibile con le donne di Ribeira da Barca. Erano distanti eppure vicinissime, una sensazione che non è insolita quando fai amicizia con persone lontane, lontanissime dal quotidiano a cui sei abituata.

Una volta, verso sera, eravamo raccolte attorno alla brace che c'era in cortile e che usavano per la cucina comune. Dina, la vicina di casa di Ja e sua compagna di lavoro alla spiaggia, cucinava il riso in una padella antichissima. Sembrava molto buono. Bambini e bambine correvano e vociavano.

Ja mi si avvicina e mi chiede se Jamie è tranquillo visto che passo tanto tempo senza di lui, e senza chiedergli il permesso. Le dico che sì, è contento se passo del tempo con le mie amiche.

Ja rimane in silenzio per un po', come a considerare quel che ho detto. Poi si apre e mi racconta di G., il tipo di cui è l'amante, la *segunda*, come dicono lì.

La situazione ci metteva implicitamente a confronto. Avevamo entrambe la stessa età e un compagno. Lei mi rivolgeva domande dirette che non facevano una piega, del tipo: «Ma perché voi due vi trattate da pari e noi no?», a cui seguivano ragionamenti altrettanto lucidi.

A un certo punto, però, la cosa per me assunse un tono amaro, cominciai a sentirmi male ad aver alimentato dei ragionamenti sulla sua libertà, anche se con lei non avrei potuto fingere o trattarla in modo diverso da un'amica. In fondo chi ero io per insinuarle dei dubbi sul suo mondo, quando in realtà chiacchieravo di dinamiche che avevo ereditato grazie al posto in cui ero nata e al contesto culturale in cui avevo vissuto, e che dopo poche settimane sarei tornata in Europa? Cosa lasciavo alle mie spalle? Io non solo ero nata nel posto giusto per la parità tra i sessi (almeno più giusto di Capo Verde), ma, in più, potevo anche viaggiare: ero libera di scegliere, di andarmene. Mi sentii in colpa. Era evidente che Ja avesse già in sé l'opzione del «cambiamento»; lo scambio con me le aveva forse solo confermato alcuni pensieri. Ma quale era poi lo spazio concreto, nella vita quotidiana, di ribellione, di resistenza? Cosa poteva veramente permettersi di fare Ja, donna sola, trent'anni, già fin troppo adulta, con una figlia a carico, amante di un capoverdiano già sposato che viveva in un remoto villaggio di pescatori, costretta a svolgere un'attività illegale, deleteria per la salute, che forse l'avrebbe condannata nel giro di pochi anni?

Come avrebbe fatto Ja a liberarsi nel concreto da quelle dinamiche culturali e materiali se da quel villaggio non poteva spostarsi?

Sentii un dolore profondo e una profondissima empatia per quelle donne, guerriere, combattive e desiderose di un cambiamento. Ma senza effettive possibilità di riscatto.

Forse ci vuole il peggio – pensai –, il conflitto, una situazione catastrofica, una guerra per avere altri spazi. Spazi che non vengono mai regalati. Spazi di esplorazione, di libertà, che costano vita, sangue.

Il giorno dopo, mentre ero ancora mezzo assorta in questi pensieri, Ja mi chiamò e mi chiese di seguirla.

Mi portò a casa di una sua amica che faceva la parrucchiera e ascoltò impassibile la nuova richiesta della *branca*: treccine su capelli finissimi e lisci, un lavoro lungo, un incubo. La seduta prese molte ore; fuori casa, su un muretto, c'erano Ja, la sua amica parrucchiera e altre che erano arrivate a godersi la scena. Spesso entravo in fasi di pseudomeditazione, completamente immersa nella situazione, senza ascoltare voci e dialoghi. Ma ogni tanto coglievo quel che accadeva attorno a me e in quella situazione di ascolto interiore mi resi conto per la prima volta di un sottile fastidio che non riuscivo a interpretare.

Ci arrivai riflettendoci un po'. Quel femminile era troppo femminile: mi stavo cominciando ad alienare. Avevo bisogno di azione, di altri dialoghi e interazioni.

Ho dovuto rielaborarlo a posteriori per capire bene cosa stessi vivendo. Quello che era stato il rifugio dove mi riparavo e mi sentivo accolta e protetta dal maschile là fuori ora mi respingeva. Il ghetto femminile era tale per difesa legittima, che comprendevo intimamente. Ma non aveva contaminazioni e avevo la sensazione che si autocomprimesse, che si autoreprimesse a forza di tematiche «femminili» stereotipate, senza preoccuparsi di avere un rapporto con il mondo esterno. E poi c'era quella cosa che non mi tornava di me stessa: il cercare rifugio nel femminile per poi averne abbastanza di quella protezione, di quel senso materno, di quelle risatine isteriche, e desiderare altro. Un altro femminile, perché no, mica per forza un maschile.

Pensai a un altro femminile.

Mi venne in mente un video che avevo visto, su una scuola di arti marziali esclusivamente femminile. Pensai alle donne guerriere. Ne esistono in questo momento del tempo reale che avvolge il pianeta? Dove sono? Contro cosa e chi combattono? E com'è stato il processo di cambiamento? Quanto costa questa frattura?

Outro

Diario di F.

Ribeira da Barca, 25 marzo 2012

A Ribeira da Barca c'è un solo internet point che in realtà è un bar. Gestito dalla figlia di un ex pescatore, un'adolescente sui quindici anni, alta, viso da principessa. Il baretto è sempre pieno di ragazzotti che vanno a bersi delle birre, a ballare il *funanà* e a guardare Facebook tutte le volte che qualcuno di loro racimola due soldi per permettersi mezz'ora di internet. Ci sono due computer, arcaici. Io sono riuscita a fare un patto con la ragazzina principesca: lei mi dà il cavo ethernet e io ci attacco direttamente il mac. Sto dietro, nel retrobottega, in mezzo alle casse piene di birra, dove si sente meno il frastuono del *funanà*. La connessione è pessima e a stento riesco a caricare le foto per i blog post di *Sandgrains*, a caricare video, chat e pagine varie.

L'altro giorno ho beccato Alfredo, il mio amico giornalista che vive a Istanbul. Non lo sentivo da un bel po' di tempo. Abbiamo parlato della guerra che è scoppiata in Siria, delle conseguenze sul Libano. Lui in Libano ci è stato e vorrebbe tornarci.

Gli racconto un po' delle mie avventure capoverdiane e di questo desiderio recente di ricerca sulle guerrigliere contemporanee.

Mi dice che ha visto da poco un video amatoriale su YouTube. Un battaglione totalmente femminile, a Homs, in Siria. Estremiste islamiche.

Mi passa il link. Ci mette un quarto d'ora per caricare. Finalmente si apre, le vedo: donne armate fino ai denti, totalmente velate tranne una fessura per gli occhi. Prima repulsione, poi connessione immediata, ma sapevo la verità. Siria? Impossibile, mi dicevo, non ho la preparazione per affrontarla. Però potrei andare in Libano, al confine, e fare ricerche.

A volte le avventure che ti cambiano per sempre assomigliano a quelle che affronti quasi per caso.

Syria Street

Intro

Diario di R.P.

Bologna, 15 giugno 2015

In un giorno di pioggia scendo a piedi da casa mia a quella di F. Mi interrogo da giorni su tutti i punti problematici che un lavoro come quello che vogliamo affrontare racchiude e segnala. Donne in armi. Donne che fanno la scelta di combattere. Ed è davvero una scelta, in molti contesti, quella di combattere?

Vengo da un lungo periodo di preparazione in cui ho cercato di cogliere il piano narrativo, il modo giusto di affrontare un tema così centrale. I nodi, le apparenti aporie, le incoerenze del modo che ho raggiunto di figurarmi la materia del romanzo. Lo chiamiamo così. Perché? Per nobilitarne in qualche modo il piano espressivo? Per allontanarci in qualche modo da alcuni degli argomenti in realtà centrali, cioè i motivi reali e immaginari dei nostri corpi e delle nostre menti, la natura del nostro coinvolgimento, su diversi livelli, nel progetto?

Mentre cammino conduco un esercizio di introspezione. Cerco nel mio corpo, mentre respiro, la paura. Di solito, in modo latente, riesco ad avvertirne la presenza. Oggi, mentre percorro via Po, una strada a quattro corsie della periferia di Bologna, non sembra essercene traccia. Tornerà, per certo. Cerco nel mio corpo la rabbia, che è una specie di contrazione fredda del cuore, pronta ad accendersi. Oggi, anche della rabbia non rinvengo traccia. Tornerà anche lei, per certo.

Sto per incominciare a narrare un'altra storia di conflitto. Le esperienze che racconto non sono le mie, ma quelle di altri esseri umani, uomini e donne, che sono stati vivi con noi nello stesso attimo, nello stesso presente che è una vertigine di eventi.

F. mi ha regalato una foto. È una stampa piuttosto grande, appesa al muro della stanza dove dormo. Da circa un anno la vedo quasi ogni giorno. Ci sono volte che la osservo per minuti interi, e provo una sensazione di vertigine, di caduta. Razionalizzando, la collego alla parte superiore della fotografia: un cielo vorticante di nubi.

Il mio sguardo incrocia quello di una giovane donna che guarda l'obiettivo e quindi guarda te, chiunque tu sia. Con la mano sinistra regge il nastro delle munizioni di una mitragliatrice. Con il braccio destro sembra proteggere metà del volto, fino alla testa acconciata a treccine. L'unico occhio che guarda fuori da quell'istante è profondo, fermo.

Nella foto si vede un'altra figura che guarda, lungo la canna dell'arma, verso un punto dell'orizzonte, e altre mani ancora appena sopra l'otturatore. Ci sono montagne, lontano, e il cielo roteante di nuvole.

Spesso mi fermo a osservare, per cercare di cogliere quale spettro di emozioni celi quello sguardo da un solo occhio. Non sono mai stato capace di darmi una risposta plausibile. Quello sguardo non l'ho incontrato nel corso della mia vicenda. I miei giorni non sanno dargli un nome.

Oppure tutt'altro. Non ho colto nulla di nulla, la mia percezione m'inganna. Sto fruendo in modo strumentale di qualcosa, di un'opera che si spiega da sé, nell'equilibrio tra i valori formali, il contenuto narrativo, l'impatto emotivo... Oppure altro ancora. Sto proiettando il mio cinema di valori, preconcetti, preferenze, auspici, sulla figura di una donna in armi. L'analisi non basta, e l'emozione, l'empatia potenziale nemmeno. In modo colonialista, approssimativo, biecamente combattentista, vedo quello che voglio vedere. Una figura per empatizzare da casa, con la quale credo di risolvere il groviglio di contraddizioni del mio rapporto socioculturale, politico e personale con le donne. In questo momento storico sarebbe facile per molti, me compreso, annettere significati in qualche modo salvifici alla figura della donna che sceglie o è costretta alle armi, in un groviglio psicanalitico forzato in termini politici a colpi d'accetta.

L'analisi potrebbe non arrivare mai al fondo, se non c'è un'autoanalisi che procede di pari passo.

La complessità del mio rapporto con quell'immagine è cresciuta, si è amplificata, perché abbiamo deciso di scrivere un libro assieme. Un libro che viva delle sue esperienze di giovane fotografa di guerra, con una chiara angolazione militante, ma la sua voce passerà attraverso la mia testa e le mie mani. Abbiamo scelto un territorio rischioso. Siamo all'incrocio di molte contraddizioni.

Un libro scritto da una donna con un coautore uomo, centrato sulle domande che pone alla nostra coscienza di occidentali «progressisti» la scelta delle armi se incarnata da una donna. I problemi relativi alla legittimità della spettacolarizzazione all'interno di un *mainstream* sempre più apertamente involuto e necrofilo. Rischi di colonialismo culturale, di libro a tesi, di speculazione vuota condotta dall'interno di una *comfort zone* apparentemente lontana da quei conflitti. Eppure è la nostra mortifera, nullificante *comfort zone* a determinarli, quei conflitti.

Tutti i conflitti del pianeta hanno un'origine precisa, che è economica. Serve a poco spostare l'asse del conflitto sul piano orizzontale – guerre etniche, religiose, tribali –, il conflitto si articola sempre su una verticale. In cima i ricchi, in fondo i poveri. Non importa per cosa credi di combattere, per Allah o la democrazia o i valori occidentali. Se la tua lotta non è diretta a distruggere le gerarchie insensate, determinate dal modo di produrre le merci, stai combattendo per un padre, un padrone, un signore, che ti giudicherà, punirà o premierà nel quotidiano con qualche nuovo gadget inutile e, dopo la morte, con un Giudizio apposta per te.

Però. Una degli autori i rischi della *non-comfort zone* se li è presi. Se li è assunti tutti. E dunque la volontà di dire la sua esperienza è legittima.

C'è anche un altro elemento che mi conforta. In un caso come questo, in modo quasi paradossale, non assumersi rischi equivarrebbe a trattare questa materia con spregiudicatezza, a suon di forzature, narrando vite e fatti con una violenza che non meritano. I fatti e le vite collegati dalla vicenda raccontata da F. vanno affrontati con estrema delicatezza. Non occorre sovradeterminare, amplificare retoricamente, non servirà inanellare proiezioni culturali colonialiste e machiste, elaborare un nuovo ulteriore e mistificato combattentismo, a meno che non si abbia in mente un romanzo che involontariamente tradisca tutto il bagaglio, il groviglio di stereotipi che la questione di genere e le questioni postcoloniali portano con sé in un paese come il nostro. Un romanzo pressappoco così.

NEI TERRITORI CALDI

La scarna colonna procedeva lungo il fiume cercando un punto dove attraversare. La giovane donna con la macchina fotografica chiese alla guida dove avrebbero potuto guadare la vorticosa corrente. Si stava avvicinando il tramonto, occorreva passare dall'altra parte e accamparsi per la nottata. La stanchezza fisica non era quello che affliggeva la giovane in quella sperduta regione dell'Alto Volta. Le cose che aveva visto, che aveva respirato e ingoiato, di cui la sua anima inquieta si era nutrita, quelle sì che erano difficili da affrontare. Non il male alle gambe o altre forme di disagio fisico.

Il sottosuolo di quell'area era pieno di alluminio, e le compagnie minerarie occidentali sfruttavano e devastavano il territorio da decenni, mentre alla popolazione locale non toccavano che le briciole.

La guerriglia aveva provocato lo spostamento di intere popolazioni, mentre altre erano state costrette a schierarsi. Lo sguardo di quelle donne spossessate, frastornate, impaurite, con i figli appesi al petto, smagriti, dagli occhi allucinati, vittime della brutalità dell'uomo sull'uomo, non le usciva dalla testa. Si chiese cosa potesse fare per aiutarle. Si disse che mostrare la loro condizione di vittime della globalizzazione poteva forse provocare un mutamento, un risveglio delle coscienze in chi avrebbe visto, poi, le sue foto. E se sempre più persone avessero formulato una coscienza precisa della situazione, forse avrebbe potuto attuarsi un mutamento, il momento di inerzia avrebbe indotto uno scarto, forse un altro futuro sarebbe stato possibile.

Mentre il suo giovane cuore si apriva alla speranza, la guida le fece cenno che si era giunti al guado. La giovane deglutì. Oltre si apriva l'ignoto. Si entrava nei Territori Caldi. All'orizzonte, superati gli alberi, il sole calava e la sua luce rossastra filtrava tra i rami.

L'Africa è un indistinto culturale, e gli africani sono semplicemente tali e tutti uguali. L'Africa è un serbatoio di proiezioni. La cultura del paese nel quale siamo vissuti sembra ossificata, ferma agli anni Trenta del nostro tragico colonialismo o ai *mondo movies* stile *Africa addio*, concentrato maleodorante di razzismo e ignoranza. L'Africa sta per la Natura, la Storia ha fatto irruzione tra i selvaggi con le nostre armi, la nostra tecnica, la nostra religione.

Le idee correnti su quel continente che incomincia oltre un braccio di mare che è un cimitero non sono cambiate. L'idea che l'Africa appartenga a un mondo naturale toccato dalla storia solo a partire dalle nostre «scoperte» e successive invasioni è radicata. Prima di noi, solo deserto, savana, foresta e uomini fermi al neolitico. Moltissimi razzisti amano quell'Africa. Il mal d'Africa, in molte sue accezioni, è razzista.

Il male dell'Africa siamo noi.

Diario di F.

Bologna, 13 ottobre 2015

Sono sull'autobus in via Murri, Bologna, guardo fuori dal finestrino, piove e fa freddo. Sento alle mie spalle una lingua che mi ricorda lo swahili, mi volto: anche i lineamenti potrebbero essere congolesi.

Di colpo mi chiedo come sarebbe se ogni italiana e italiano potessero vivere almeno una volta lo spaesamento e le difficoltà di trovarsi in un paese straniero. E immediatamente mi immagino piazza Maggiore, le scuole superiori, tutti gli uffici, dotati di headset per la realtà virtuale. Tutti, donne e uomini, possono trascorrere un'ora a Kinshasa. Sessanta minuti in cui cammini, ascolti, osservi. Non capisci nulla, nessuna ma proprio nessuna delle parole, le grida intorno a te sono incomprensibili, come i movimenti del traffico, gli sguardi nei tuoi confronti. Le persone interagiscono tra loro e tu non hai la minima idea di cosa stiano parlando. Il mercato è pieno di merci che non conosci, oggetti che non conosci, una moneta che non conosci.

Non per forza il tutto si traduce in una percezione di aggressione o minaccia, ma l'intero contesto produce un forte senso di insicurezza. Gol. Sei fuori dalla tua *comfort zone.* Terra straniera. Non sono molte le cose che hai sotto controllo. I modi di vivere sono altri, le regole altre, ma quello che vedi è reale, esattamente come prima, quando passeggiavi sotto al portico del Pavaglione carica di oggetti, nella borsa, tra le mani, nelle tasche, tutte cose che hanno un utilizzo logico, mentre altre invece proprio non ce l'hanno. Comunque, mi dispiace, in quei sessanta minuti le tue mani sono vuote, non c'è molto a cui ti puoi aggrappare, oggetti dietro i quali ti puoi nascondere.

Uno

La Tripoli libanese replica all'interno della città il conflitto che si è scatenato in Siria tra la classe dirigente alawita di Assad e tutti gli altri. Una miriade di sigle e fazioni.

C'è un'altra Tripoli nei ricordi culturali del paese. Quella delle canzonette patriottiche, cioè colonialiste, cioè prefasciste. Quella della guerra italoturca del 1911. L'ultima versione del mamma li turchi.

Circa cent'anni dopo io e Alfre ci trovavamo nel quartiere alawita Jabal Mohsen, non eravamo riusciti a mettere piede a Bab al Tabbaneh, il quartiere sunnita. Avevamo fotografato e intervistato i miliziani alawiti e ora volevamo prendere una pausa per riordinare le idee.

Eravamo piovuti lì da un altro mondo, il nostro, quello del quotidiano. Dopo la decisione di andare in Libano le cose avevano preso una dinamica velocissima. Mi sentivo come se avessi vissuto gli ultimi giorni prima di entrare in una specie di tunnel gravitazionale, una specie di viaggio nel tempo.

Non avevamo veri committenti. Le lettere di incarico che servono per accreditarsi come giornalisti erano del collettivo di cui faccio parte e della redazione del giornale italiano per cui lavorava Alfre.

Avevamo venduto agli alawiti il fatto che volevamo lavorare nello specifico sulla loro zona. Sapevamo però che bastava un binocolo per avere un'idea di quel che accadeva dall'altra parte, a Bab al Tabbaneh: i due quartieri sono appiccicati, meno di un tiro di schioppo.

Nel momento in cui avremmo avuto la possibilità di entrare nella zona sunnita erano ricominciati i combattimenti, dopo una pausa di qualche settimana.

Io e Alfre eravamo pronti al cambiamento di rotta, sapevamo però che comportava alcuni problemi.

Non avevamo l'equipaggiamento minimo per il fronte: ci ritrovammo a fare il giro di tutte le armerie di Tripoli per cercare giubbotti antiproiettile e caschi a noleggio. Di armerie ce n'erano tante, e vendevano di tutto. Però niente giubbotti antiproiettile, nemmeno uno.

La situazione era surreale: Tripoli è una città dove circola un fiume di armi, ma il giubbotto antiproiettile i miliziani non lo usano, troppo costoso. È un oggetto che appartiene a tre categorie: soldati libanesi, giornalisti internazionali, personaggi importanti. Gente spesso o sempre lontana dalla linea del fronte.

Ricordo che Rami, il nostro traduttore ventenne, patito di arti marziali, era eccitato. Di certo in quelle armerie ci era passato più di una volta, ma non con due giornalisti che stavano preparando il necessario per entrare a Bab al Tabbaneh a conflitto aperto. Alla domanda: «È ok per te e per i tuoi se ci accompagni a Bab al Tabbaneh per continuare a tradurre?», lui non aveva esitato: «Certamente, sì, tutto ok».

Tornammo a casa. Eravamo ospiti presso la famiglia di Rami, in un'area della città relativamente lontana dalla linea del fronte. Gli alberghi per occidentali erano fuori budget, gli altri non erano sicuri.

Cercammo una soluzione, pensammo di tornare a Beirut, ma avrebbe preso troppo tempo, non eravamo certi che avremmo trovato giubbotti e caschi nemmeno lì. Mettemmo in stand by la questione.

Per quanto riguarda Tripoli, non potevamo pagare un autista professionale e, verosimilmente, non c'era troppa gente disposta ad accompagnarci in aree della città così rischiose. Ebbi l'idea di provare con la Mezzaluna rossa libanese. Lavoravano in entrambi i quartieri, entravano e recuperavano i feriti, li portavano in ospedale, civili o miliziani che fossero, e tornavano dentro per portare le medicine. Pensai: «Andiamo a intervistarli, poi alla fine gli chiediamo se è troppo una follia per loro portarci dentro uno dei prossimi giorni».

Così facemmo, incontrammo ragazzi della nostra età, motivatissimi, volontari, molto determinati.

Alla fine dell'intervista si guardarono e «ok, va bene, allora venite, partiamo ora».

Uno sguardo d'intesa e accettiamo subito. Cercano dei caschi, li trovano e ce li portano; li indossiamo in fretta. In silenzio partiamo, sirene spiegate.

Centro di Tripoli, ci allontaniamo, passiamo davanti ai carri armati dell'esercito libanese, che si tiene ben lontano dai problemi. Quella stessa mattina abbiamo visto in tv dieci tank che battevano in ritirata da Bab al Tabbaneh.

I ragazzi della Mezzaluna rossa ci avvertono: faremo molto velocemente un tratto di strada, terra di nessuno. Dicono che sono già stati bersagliati, proprio perché neutrali.

L'ambulanza corre forsennatamente, finalmente entriamo nel quartiere. Siamo nel punto più interno in cui il mezzo di soccorso possa arrivare. Distanza dal fronte, un centinaio di metri.

Usciamo, fuori c'è la guerra. I volontari cominciano a curare due feriti.

Faccio alcune foto, cerco di aprire la mente, far funzionare i sensi.

Siamo in una strada vuota, saracinesche chiuse, molte bruciate, condomini disabitati crivellati di colpi. Di civili, intorno, non se ne vedono. Solo ragazzini e qualche miliziano.

Siamo nel cuore di Bab al Tabbaneh e l'architettura ricorda la Siria, che non è lontana. La guerriglia urbana scoppia ciclicamente tra due quartieri che di solito intrattengono scambi commerciali e vivono un quotidiano di relativa normalità.

Arrivano notizie da oltre il confine e scoppia la battaglia.

Molte famiglie sono miste, alawite e sunnite.

Come ovunque sul pianeta, le tensioni sociali che sfociano in conflitto aperto hanno radici economiche e politiche. La religione, se c'entra qualcosa, viene molto dopo.

Mi domando se sia possibile avere un contatto con i miliziani sunniti, intervistarli, fotografarli. Alfredo è della stessa opinione, così chiediamo consiglio ai ragazzi della Mezzaluna rossa. Bastano pochi minuti, seguiamo i volontari dentro un paio di stradine laterali; ci portano in un mezzo condominio sventrato, al pianoterra, dove alcuni miliziani sono riuniti e parlano a voce molto bassa.

Dopo un momento di sorpresa, i combattenti accettano la nostra presenza. I volontari spiegano chi siamo e perché siamo lì. Tutto si svolge abbastanza velocemente: se hai una giusta modalità di accesso non ci sono grandi discussioni. Va tutto come speravamo. Siamo stati accettati, possiamo stare con loro.

I ragazzi se ne vanno. I miliziani, spicci, ci chiedono se vogliamo vedere il fronte. A posteriori, penso che questa richiesta sia stata motivata da tante ragioni, tra le quali anche la consapevolezza che nel presente schema di cose è il sangue che fa notizia. «Facciamo vedere un po' d'azione» ci dicono. La logica delle news sembra ben introiettata in ogni angolo del pianeta che ho visitato.

Accettiamo. Inutile negarlo: eravamo lì per quello.

Due

La prima cosa che fanno i miliziani è darci un giubbotto antiproiettile. Uno solo, di plastica, verde militare. Non ne avevano altri.

I ragazzi della Mezzaluna rossa ci avevano lasciato un elmetto solo, tutto bianco. Era l'unico che avevano senza la mezzaluna, perché era vecchio, col simbolo tutto scrostato. Prendemmo una decisione: avrei indossato io il giubbotto e il casco; sarei stata io quella più esposta perché la macchina fotografica poteva essere scambiata per un'arma, ma soprattutto perché di solito è il fotografo a doversi avvicinare di più alla scena, all'evento. Ero il bersaglio più probabile, insomma.

Un miliziano mi aiutò a infilare il giubbotto.

Non ne avevo mai indossato uno fino a quel momento. La differenza tra me e Alfredo era notevole, stili diversi diciamo: lui era sempre in camicia, se non stirata almeno tenuta decentemente, jeans, smartphone e taccuino in mano. Io giravo in pantaloni kiwi tecnici da montagna, iperleggeri (regalati da mia madre prima che partissi), una maglietta verde militare, e adesso quel giubbotto di plastica e quel caschetto improbabile che mi facevano sembrare un playmobil. Rami, che se fosse stato zitto un istante avrebbe potuto essere scambiato per un lottatore kazako, era con noi.

I guerriglieri sembrano incuriositi: il terzetto in qualche modo li diverte, ci fanno cenno di seguirli. Il fronte è nella direzione che indicano.

Andiamo a passo spedito, quasi correndo in una via di passaggi segreti che attraversano i condomini. Ci si può spostare da un punto all'altro del quartiere senza dover usare la strada. Sono i percorsi che fanno i civili per allontanarsi quando comincia lo scontro; gli stessi che fanno i miliziani in direzione inversa.

Non so dire esattamente quanto durò la corsa.

Arrivammo in una zona molto vicina al fronte, a giudicare dagli spari. La strada era vuota, le saracinesche basse, c'era un gruppo di *fighters* armati fino ai denti che fumavano la shisha. Eravamo scortati dai miliziani, quindi non fecero domande.

Cominciammo a fare interviste.

Io fotografavo cercando di essere meno invasiva possibile. Stavo attenta a come muovermi, cercavo di capire le connessioni tra le persone. Cercavo di tenere tutti i sensi aperti per cogliere un senso complessivo.

A un certo punto li vediamo.

Alcuni ragazzi armati di AK47 camminano nella mia direzione: sono a casa loro, per cui tutto è naturale. Mi vengono vicino e cominciano a indicare i tatuaggi che ho sul braccio.

Loro parlano in arabo e io rispondo in inglese, ma ci capiamo. Ci sorridiamo.

Alfredo finisce un'intervista e si avvicina. Ci scambiamo un paio di sguardi della serie: «Va tutto bene?». «Sì, andiamo avanti.»

Un gruppo di miliziani a quel punto ci chiede se vogliamo seguirli al fronte, quello vero, la prima linea, proprio davanti ai loro nemici. Certo, sì, rispondiamo senza pensare.

Ci incamminiamo.

Un paio di armati apre la strada, noi dietro, altri chiudono la fila. Per arrivare al punto caldo attraversiamo alcune zone tenute sotto tiro dai cecchini. Nei tratti a cielo aperto approfittiamo di altri corridoi, ottenuti con un telone di plastica nera teso fra un terzo piano e l'altro di due condomini. I cecchini, e tutto il quartiere di Jabal Mohsen, stavano su una collina di fronte a noi. Eravamo a una cinquantina di metri in linea d'aria dal fronte. I miliziani si addossavano al muro, aspettavano un segnale e poi facevano quei quindici metri di strada di corsa. Uno dopo l'altro scattavano, e così facemmo anche noi.

Eravamo su Syria Street, la strada che dopo qualche decina di chilometri entra in Siria.

Gli spari sono molto vicini ora. La via deserta, tranne una serie di copertoni impilati, vecchissime automobili coperte di buchi, una fila di palme rinsecchite tra le due corsie. Ogni tanto alcuni miliziani corrono da una parte all'altra.

Per raggiungere la linea del fronte bisogna imboccare un altro corridoio stretto tra due muri; lì dentro scopriamo la retrovia: una decina di uomini che ricaricano armi, a sinistra un miliziano che spara all'impazzata in direzione Jabal Mohsen; in mezzo a noi, ragazzini che portano munizioni.

Il rumore è fortissimo e si fa fatica a comunicare.

Il miliziano che sta bersagliando il quartiere nemico si accorge della mia presenza e continua a sparare gridando qualcosa.

Alfre è rimasto indietro; io non so se mi servirà questa foto, ma se non la faccio di sicuro non potrò deciderlo dopo.

Trascorso qualche minuto di fianco al combattente credo di avere lo scatto giusto, e faccio qualche passo indietro. Il miliziano mi richiama. Mi guarda negli occhi. «*Now you can shoot!*» E mi passa l'arma.

Gliela riconsegno, è pesantissima. Alzo la macchina fotografica in mezzo al tuono degli spari e gli dico: «*I'm ok with this!*».

Torno indietro, nelle retrovie, Alfre mi cerca con lo sguardo. «Tutto ok?» «Tutto ok.» Lui e Rami stanno intervistando i miliziani e, tra una risposta e l'altra, Alfre riesce pure a twittare.

Ci sono minorenni, ragazzini, forse figli dei miliziani, porgono munizioni. Non so dire quanto tempo sia passato da quando abbiamo lasciato la Mezzaluna rossa, la luce è cambiata, quindi qualche ora è trascorsa, ma il tempo è fluido e il mio corpo potrebbe giurare che siamo appena arrivati.

Mi chiedo se non abbiamo fatto troppo tardi per tornare all'ambulanza. Lo faccio presente ad Alfredo e Rami, e insieme decidiamo che è il momento di andare. Gli spari si intensificano.

Io dal punto di vista tecnico sono soddisfatta, ho le foto che servono per comunicare quella realtà di guerra, nel modo né necrofilo né metaforico che sto cercando. Anche Alfredo è soddisfatto delle informazioni ottenute sul campo. Ringraziamo tutti, salutiamo.

Due miliziani ci aiutano a rifare la strada al contrario, usciamo dai casini, ritroviamo i ragazzi della Mezzaluna rossa. Rivederli mi dà pace.

Nel giro di breve, anche loro sono pronti per ritornare in città.

Siamo tutti e tre abbastanza schiacciati dall'esperienza, facciamo il viaggio di ritorno in silenzio.

Tre

C'era da immaginarselo.

Qualche ragazzetto armato mi fa segno di girarmi e mi becco Rami col kalashnikov in mano, molto, molto eccitato. E perché? Non avevo avuto anch'io una sensazione ambigua, contrastante, di repulsione e attrazione, quando il miliziano mi aveva passato il fucile di precisione?

Rami mi chiede di fargli una foto e sta lì, in posa, rigido come un palo, mentre nel frattempo attorno continua il caos. Che faccio? Rami vuole quella foto per postarla su Facebook, è inutile mettersi a questionare e provare a fare ragionamenti adesso. Penso che non posso decidere per lui, in fondo Rami ha vent'anni, la maggioranza dei suoi coetanei, lì, non usa le armi solo per fare il ganzo su Facebook. Gli faccio la foto, penseremo dopo a cosa farne.

Com'è ovvio, finisce su Facebook in serata.

Io gli avevo chiesto di non pubblicarla, ma non era servito a molto.

Peccato che suo zio – pezzo grosso nell'esercito – stava su Facebook e ci aveva messo niente a scoprire che il nipote, invece di lavorare come magazziniere, dopo il diploma, stava al fronte a Bab al Tabbaneh a flirtare con gli AK47.

Già.

Figuriamoci quanto questa cosa possa piacere al padre di Rami, gioielliere, persona influente nella comunità sunnita. Dopo sessanta minuti di celebrità, *like* e commenti vari, arriva la mazzata.

Il cellulare di Rami squilla.

È il padre, ed è incazzato nero. Siamo in un taxi collettivo in centro a Tripoli, il padre sbraita. Non abbiamo mai visto Rami così serio.

Io e Alfre ci guardiamo, ci sentiamo responsabili, un po' in colpa.

Sono sulla terrazza di Rami, tramonto, da lontano vedo la colonna di fumo che viene dal fronte tra i due quartieri. Sento di aver bisogno di una voce esterna che mi aiuti a interpretare delle sensazioni che non ho mai provato prima. Non so bene che cosa mi stia accadendo, nel corpo e nella mente; non posso mentire a me stessa: io a Bab al Tabbaneh ci voglio tornare. Ora incomincio a capire: sono consapevole della fascinazione, del potenziale di dipendenza che certe situazioni di conflitto portano con sé. Alcuni reporter sviluppano una vera e propria *addiction* per l'adrenalina e le emozioni intense del conflitto.

Il mio corpo, a Syria Street, mi ha detto cose precise e considero l'eventualità di essere potenzialmente parte della categoria, ma non voglio arrivare a conclusioni affrettate.

Apro la chat di Facebook e mi metto a parlare con Francesca, una brava fotografa con più esperienza di me.

«Ciao Fra, quanto tempo! Ho bisogno di raccontarti una cosa, sono a Tripoli, in Libano, sto seguendo il conflitto tra Bab al Tabbaneh e Jabal Mohsen.»

Francesca ha avuto esperienze di conflitto al Cairo, mi dice di seguire quello che mi dicono le viscere. Il corpo non mente, ha ragione, grande Fra, avevo bisogno di questa conferma.

«Non raccontartela, non farlo per nessun motivo se intimamente senti che l'esperienza ti ha turbato. Io, dopo aver vissuto una situazione estrema, caotica, violenta, di guerriglia urbana, migliaia di persone in strada durante la rivoluzione al Cairo, ho capito che in quel contesto non... non funzionavo bene, ecco. Non ho ripetuto l'esperienza.»

Il breve scambio mi conforta. Francesca, a differenza della maggioranza dei miei colleghi maschi, non è imbevuta di retoriche eroiche, di testosterone, non deve dimostrare di avere le palle. Mi fido di lei.

Faccio fatica a prendere sonno. Voglio che sia presto domani.

Mentre mi giro nel letto, mi viene in mente un episodio.

È il nostro secondo giorno a Tripoli, da novellini, ed è il primo giorno che lavoriamo con Rami. Abbiamo passato la sera precedente a spiegargli il senso del progetto. È domenica, e Rami prende in prestito la macchina di suo padre; decidiamo di fare un giro di ricognizione nel quartiere alawita. Scendiamo dalla collina dove abita con la famiglia, fa molto caldo, è agosto, sono le tre del pomeriggio. Arriviamo dentro il quartiere, scenario di guerra, interi palazzi sventrati, la maggioranza crivellati di colpi.

Deserto, nessuno in giro, parcheggiamo.

Dopo due minuti che camminiamo si avvicina una macchina, si ferma. Un tizio si sporge dal finestrino, accento australiano: «Cosa volete? Non potete stare qua». Non si può stare in quel luogo senza il permesso del leader militare di quella zona di quartiere, sono le regole. Ok, nessuno questiona. Poi si rivolge a me e dice: «So che hai una macchina fotografica lì dentro, vedi di lasciarla lì dov'è». Non avevo la borsa da fotografa, avevo una borsa sfigata da punkabbestia che avevo trovato in uno squat; la macchina non l'avevo toccata. «L'ultimo che è venuto qua a fare i fatti suoi senza chiedere il permesso – continua – gli abbiamo sparato in una gamba. Fotoreporter svedese, mese scorso, ricordi?»

Annuisco. *All right, man.*

Dice di seguirlo, ci porta in una casa privata. Nel frattempo si informa su cosa stiamo facendo a Tripoli.

Storiella pronta, mezza vera mezza falsa. Non pensiamo sia strategico condividere il fatto che vogliamo lavorare anche nel quartiere avversario al suo.

Il miliziano si distende e ci racconta la sua storia. Molti anni fa era emigrato in Australia, dove aveva aperto una piccola società, si era sposato e aveva avuto due figli. Ma da un paio d'anni, riguardo a Tripoli, non riusciva più a leggere le news e basta: era la sua gente, e la sua città, il suo quartiere, ed era tornato per combattere.

Diario di R.P.

Bologna, 21 agosto 2015

Rivedo quel 2013, inizio stagione, fine ottobre. Non alleno i principianti quell'anno. Ci pensano i miei assistenti, che sono con me dall'inizio, e sono preparati e fidati. Ma sono spessissimo in palestra un'ora prima perché, dopo tanto tempo, prendo ancora molto sul serio il mio lavoro di direzione tecnica. Il prossimo anno chi continuerà si allenerà con me. Voglio conoscerli, capire che cosa può uscire da quei corpi e da quelle menti. Mi è già capitato prima, e noto ancora una volta questa allieva dalle gambe potenti (la muscolatura delle gambe è fondamentale nella muay thai). Ha la tendenza a muoversi con una certa frenesia, ma è coordinata, si allena con molto impegno. Ne verrà fuori qualcosa, mi dico.

Alla fine dell'allenamento si avvicina e mi chiede se possiamo incontrarci. Ha bisogno di parlarmi di un progetto.

Giorni dopo ci incontriamo in un caffè del centro. Vengo a sapere che è una fotografa freelance, e il suo progetto riguarda le donne che in questo momento, ora, sono in armi per una causa e per difendere se stesse.

Sta per partire per l'Uganda, mi dice che non potrà allenarsi per diversi mesi. Mi racconta una parte del suo percorso, il suo entusiasmo mi tocca. Dice che ha letto diversi libri miei o dove c'entro io, quelli firmati collettivamente. Il mio ego ne è gratificato. Non capisco bene che ruolo possa avere io nella ricerca che sta per intraprendere.

Posso solo dirle che alcuni dei miei agonisti migliori sono stati donne. Combattere, credo, non è una faccenda da maschi. Storie di donne guerriere esistono in ogni angolo del pianeta. Sono ancora rigidamente dentro il mio ruolo di istruttore di uno sport marziale, mi ricordo di aver detto che c'è tutta un'epica marziale del Sud dell'India connessa a eroine, a donne guerriere. Non so bene in realtà cosa dire.

Lei risponde di essere stata in India, e che non è stata una buona esperienza per via di conflitti nell'ambiente in cui lavorava. Io rispondo che amo l'India, e che dovrebbe dare a quel luogo un'altra possibilità. Il contenuto egotico dell'affermazione non mi sfugge, lo colgo mentre sento il suono delle mie stesse parole. Lei risponde che non lo esclude, ma ora il suo focus è l'Africa. Sta per partire, vuole intervistare donne reduci da guerriglie nel centro del continente, ha dei buoni contatti a Kampala, in Uganda.

La rivedo mesi dopo, durante una festa di strada al Pilastro. Sono in compagnia di Carlo di Paola, ex campione del mondo di muay thai e istruttore della Thai gym, la scuola locale. Con me c'è il Reverendo, un mio caro amico, ha combattuto in Thailandia anche lui. Ci salutiamo in mezzo alla folla.

Giorni dopo la incontro in palestra. Ha delle cose da raccontarmi. E delle foto da mostrarmi.

Quattro

Rawa è una bella donna, non ha molti anni più di me. Siamo alle solite: suo marito, minimo, ne avrà quindici di più ed è grasso, sformato. È eccitata dalla novità della nostra presenza, ed è un vero peccato che non possiamo comunicare io e lei; chissà quante cose imparerei.

Rawa gestisce i doveri della casa e della famiglia con leggerezza: quando ci incontriamo in cucina mi fa dei sorrisoni enormi, parla in arabo indicandomi questo e quello. La vedo rilassata e nullafacente solo la sera, dopo cena, quando fuma la shisha guardando la tele insieme agli altri.

Di solito l'*hijab*, il velo, lo usa solo fuori casa, gli uomini della famiglia possono vederle i capelli. Ma il mese in cui siamo ospiti noi non li vedremo mai, per via di Alfre.

Mai, tranne una volta.

È domenica e io e Alfre siamo a casa a sbobinare interviste e fare editing sulle foto.

A un certo punto chiedo a Rami se può chiedere a Rawa quando tornerà secondo lei l'elettricità, che è appena stata tolta e non si capisce mai quando la riattaccano. Lui mi dice che non può chiederlo perché lei è chiusa in camera, impegnata in un'attività alla quale lui non può assistere.

Rawa sta facendo la ceretta, e sì, *io* posso entrare!

Non vedevo l'ora di condividere qualcosa di così intimo.

Camera sua è un gran casino, allegro, colorato, i vestiti scompigliati e sparsi ovunque, cera in un barattolo, finestra sul balcone aperta, radio accesa.

Sono felice.

Rawa, i capelli sciolti, continua a parlare come se la capissi e nel frattempo decide che è ora che io mi sceretti perché «guarda lì che peli!» mi indica ghignando. Il linguaggio universale della condivisione. Aveva ragione, ero partita già da un po' di tempo e col mio assetto soldatesco era tanto che non ci pensavo.

Qualche giorno dopo, all'isola dei Conigli, di fronte a Tripoli, avrei apprezzato il mio corpo glabro ripensando all'allegria di Rawa. Io e Alfre avevamo deciso che avrebbe avuto senso prendere qualche giorno di stop, finito il lavoro col primo quartiere, prima di passare al secondo, per non essere immediatamente tracciabili.

Tripoli ha un mare stupendo, solo che le spiagge della città sono precluse. Non puoi fare il bagno e ovviamente prendere il sole. Non è esattamente una località turistica e le donne – quando vanno in spiaggia – sono coperte da capo a piedi.

Devo dire che *sharmuta*, puttana, è la prima parola che ho imparato a Tripoli. Rami ci aveva raccontato che qualche anno prima alcuni stranieri erano andati sulla spiaggia vicino al centro di Tripoli e la tipa – che s'era messa in bikini – s'era beccata un bel po' di nomi.

Differenze culturali o meno, era agosto inoltrato e il mio corpo aveva bisogno di qualche ora di sole senza quattrocento strati di tessuto addosso.

Scoprimmo che di fronte a Tripoli c'erano delle isole disabitate. Fu un bello stacco dalla pressione e fu divertente stare in un contesto differente con Rami. Vennero fuori un sacco di argomenti interessanti. Argomenti che non potevano essere affrontati a cena con madre, padre e fratellino di sette anni. Parlammo ovviamente anche di sessualità, anzi di sesso. «Ah, ma quindi gli omosessuali non sono dei malati?» Parlammo di transgender, di rapporti prima del matrimonio, femminismo e parità di genere. Rami per qualche ora smise di citare versi del Corano e discusse in libertà con noi. Finalmente.

Io e Alfre potevamo essere noi stessi, almeno un po' di più, mentre nuotavamo tutti e tre in mare, lontani dai giudizi. Rami ce lo aveva chiesto chi fossimo per davvero, non era giusto nasconderglielo. *Sharmute*, froce, libere, con le tette al vento.

Cinque

Siamo verso la fine della nostra permanenza a Tripoli e sappiamo che non possiamo spostare i nostri aerei di ritorno: per Istanbul Alfre, per Perpignan, al festival di fotogiornalismo, io. Questo ovviamente modifica un po' la percezione: sentiamo entrambi che vogliamo tornare dentro Bab al Tabbaneh ma non vogliamo tornarci con la Mezzaluna rossa.

Abbiamo bisogno di un punto d'ingresso diverso.

Da qualche giorno stiamo frequentando un personaggio che è il leader di un'associazione no profit che si occupa di attività per l'integrazione degli adolescenti tra i due quartieri. Immaginiamo sia una copertura. A quanto pare è uno ammanicato con entrambe le parti. Quando ci fa capire di poter fare più o meno qualsiasi cosa, lo convinciamo a portarci un'ultima volta a Bab al Tabbaneh.

In effetti il personaggio sembra sappia il fatto suo: nel bel mezzo di uno scontro ci recupera esattamente nel luogo prestabilito, saliamo in macchina con lui, dopo un po' riconosciamo il quartiere che si avvicina.

C'è una tregua, ed è luna piena.

Non c'è elettricità. L'intero quartiere è al buio, dipende tutto da una centralina che ora è sotto il controllo di Jabal Mohsen.

Ci avviciniamo lentamente, in modo che riconoscano la macchina: siamo vicini al fronte, non dobbiamo destare sospetti. Ci fermiamo e una volta scesi vediamo soldati libanesi uscire da un carro armato e venirci incontro. I miliziani li precedono e fanno loro cenno di andarsene.

È abbastanza chiaro chi comanda e chi, quindi, abbia la precedenza.

I miliziani ci accerchiano, armati, ma è un attimo: hanno riconosciuto il tizio libanese che è con noi.

Abbiamo il via libera.

Faccio mente locale e capisco esattamente dove sono.

Syria Street, a pochi metri dal confine con l'altro quartiere. Tutto tace, noi proseguiamo, alcuni guerriglieri ci aspettano, dobbiamo intervistarli, la luna fa una gran luce. Di sicuro dall'altra parte sulla collina c'è un binocolo puntato che ci controlla.

Ci sono alcuni momenti in cui vivi e basta, col corpo, e capisci solo in seguito come gli eventi abbiano influito su di te, come ti abbiano segnato. Quel viaggio a Syria Street, in particolare, fu essenziale per la mia relazione con Alfre, che prima di tutto è un compagno e un fratello. La scelta di seguire una storia non commissionata da nessuno, semplicemente perché ci credi, anche se suona da sfigati, nella pratica è un grande esercizio di apertura, di comprensione dell'altro. Adesso, a distanza, sono grata del fatto che nessun *magazine* ebbe il coraggio di commissionarci quel lavoro. Molti di quei *magazine*, però, comprarono il servizio dopo, quando videro il risultato.

Non avremmo mai incontrato Rami, non avremmo mai vissuto ospiti con quella che sarebbe diventata la nostra seconda famiglia libanese, non avremmo assistito all'alternanza tra luce e blackout, perché in hotel avremmo avuto un generatore; non avremmo mai fatto tardi a fumare la shisha con Rawa dopo le sue cene al tramonto in terrazza, non avremmo mai agonizzato per una birra, non avremmo mai conosciuto i ragazzi della Mezzaluna rossa. Sarebbe stata un'altra esperienza. Più professionale forse, ma certo meno ricca.

La nostra attitudine nomade ci proteggeva.

In silenzio, una accanto all'altro, coi nostri zaini lerci, Tripoli-Beirut in un vecchio bus notturno, prezzo del biglietto 3200 lire libanesi, io e Alfre ci sentivamo completamente attraversati dalle storie che avevamo vissuto e visto.

Non ho mai avuto troppo tempo negli anni per guardarmi alle spalle.

Sono stata portata dentro alle vicende da una spinta. Da un'urgenza che ha molti aspetti e che non so analizzare bene.

Torno dal Libano, da Tripoli, dove il corpo e la mente hanno sentito per la prima volta l'energia disperata, focalizzata, diretta del conflitto aperto.

Sono stata per la prima volta dove la gente spara addosso al nemico, cioè ad altra gente.

Mentre ero a Tripoli c'era un fantasma che aleggiava che non sono ancora riuscita a materializzare davanti a me.

Outro
Diario di F.

Bologna, 10 ottobre 2013

Sono a casa, a Bologna, e guardo un video. Donne ninja, una scuola iraniana, tutta femminile. Nerovestite, si allenano, mostrano coesione, decisione, controllo e conoscenza del corpo. Un campanello inizia a ronzare nella testa.

I destini di chi combatte su fronti opposti è simile, vittoria o sconfitta non hanno senso per chi cade. Però, rifletto, la distanza tra chi aggredisce e chi reagisce, le rispettive posizioni sono incommensurabili. L'aggressione è sempre ingiustificata. La reazione invece, quella è legittima. Penso che in certi casi, quasi tutti, sia giusta.

Le donne ninja.

Vestite di nero come le miliziane di Homs, quelle che ho visto nell'internet bar di Ribeira da Barca.

Sandgrains, a proposito, il documentario sugli ex pescatori a Capo Verde. Mi viene in mente che devo chiamare Jamie e sentire come va la postproduzione.

Nei primi giorni, tornata a casa, ricordo di aver sognato Xuxuca. La vedevo dalla terrazza della casa sul mare.

Rammendava una rete. Non potevo sentirla, ma sembrava cantasse, intenta in un lavoro che le donne non svolgono.

Mi sono iscritta a un corso di boxe thailandese. L'allenamento è duro, e in questo momento mi fa bene.

Non sono la sola donna, anzi mi sorprendo di quante donne ci siano in palestra. Imparare a coordinare il corpo in questa specifica disciplina è una sfida.

Io mi impegno, tre allenamenti alla settimana, più due lezioni di danza afro. Sono spaesata. Mi rifugio nel corpo. Mi sembra di essere in una dinamica progressiva, almeno nel rapporto con la disciplina, il fiato, la scioltezza, mentre attorno a me sento una situazione di stallo.

Io e Alfre siamo riusciti a vendere il servizio. Le foto sono buone. Soddisfatta. Ma è il passato, e devo trovare il modo di muovermi, di stare sul campo. La spinta interiore che mi vuole fotografa di guerra è complessa, difficile da analizzare, ma è potente.

No, non me la vivo bene qui. Non dopo che so di poter reggere situazioni di stress come quelle di Syria Street.

Intanto i sentimenti e le emozioni che provo a contatto con la realtà della città dove abito hanno a volte effetti traumatici.

Mi trovo in piazza Santo Stefano e mi pare di essere nel ventre di una bestia. L'opulenza mi sembra un insulto aperto a quanto rimane di umano nell'uomo.

Mi sento distante, lontana. Penso al quotidiano di sofferenza di cui sono stata testimone e vorrei comunicare che la realtà in cui cerchi di rimettere le budella nel ventre del tuo migliore amico è la stessa di quel signore impegnato in una conversazione al caffè e di quella signora che parla con l'amica dei saldi e subito dopo dell'ignavia del compagno.

È lo stesso punto nel presente che contiene tutto, radicalmente tutto.

La stessa realtà.

Ho un groppo alla gola.

Mi sento sola.

Piango.

Merda.

Attraverso me, quella sofferenza entra nelle news, diventa una merce. Non mi faccio troppe illusioni su questo. Vende solo la sofferenza eclatante, nuova, vende il sangue fresco, mentre ad esempio le ferite in via di guarigione non interessano molto, quasi per niente.

I grumi di sangue sotto il belletto delle varie «pacificazioni», dalla distanza che ci separa dallo schermo, sono invisibili.

Vende la sofferenza causata dal conflitto aperto, ma solo in aree del mondo percepite come importanti, e naturalmente deve esserci uno scoppio, un'intensità maggiore rispetto al quotidiano di guerra globale, al trascinarsi di conflitti dimenticati fino al prossimo eccidio capace di bucare la soglia di attenzione.

Porto in giro una contraddizione, quella di avere una linea militante, apertamente politica, e cercare di portare la mia fotografia nel *mainstream*. Ma è il paradosso che mi sostenta: non so come fare altrimenti. Ho bisogno di denaro come tutti. E in più non ha senso rischiare per mantenere una testimonianza pressoché invisibile.

Ciò che faccio ha bisogno di un pubblico. Tendenzialmente vasto.

Torno a casa, guardo attonita i corpi femminili esposti nelle pubblicità, sui cartelloni ai lati delle strade, torno sui miei passi con il pilota automatico chiedendomi come si sia potuto produrre tutto questo.

Di giorno in giorno, in questo autunno, mi analizzo, provo a ricaricare le batterie, mi interrogo. Me la vivo meglio che posso.

Mi alleno, studio, danzo.

No.

Non me la vivo bene.

Il cuore è altrove, dove le donne hanno scelto di non essere più vittime e provano a prendere in mano la propria vita, o ciò che ne rimane. E combattere.

Nyamilima

Intro
Diario di R.P.

Roma, 5 dicembre 2015

Sono sceso a Roma con la mia band, un luogo che ci ha sempre accolti, dove ci siamo sempre sentiti a casa.

Il viaggio è scorso in silenzio, abbiamo ascoltato una compilation di *street punk*, roba recente. Nessuna band ci convince. Suona tutto scontato, o forzato.

Mi chiedo cosa mi spinga ancora a questa vita di strada, alla mia età dico; deve essere qualcosa di profondo, di irrisolto.

Suonare con i Nabat è una disciplina, un impegno fisico. Avrei anche altra musica nel cuore, mi dico. Non nelle budella. Arriviamo a Roma e come sempre la città mi colpisce dritto, ci sono talmente tante emozioni annodate, inestricabili, in questo posto.

Ricordo la prima volta che vidi la città. La prima volta che suonammo qui, adolescenti bolognesi. Cinema Armellini, anno 1983. Più di trent'anni fa. Un'epoca storica lontana. Lontana come la Seconda guerra mondiale per me, quando iniziavo ad ascoltare il *punk rock*.

Finché ci saranno dei reietti e degli esclusi, io sarò con loro, mi sentirò un reietto e un escluso, mi dico. E questa è l'interpretazione eroica.

Sono un disadattato, sono rimasto sotto le macerie della vita personale e sono legato in maniera identitaria alla musica e allo stile di un culto giovanile del secolo scorso. Questa l'interpretazione lucida, segnata forse da un po' di depressione.

Mi chiedo se nei libri di storia delle medie e dei licei ci siano gli anni Ottanta.

Il centro sociale dove suoniamo è un ex mattatoio, è vicino al fiume, è freddo e umido. Non è un luogo dove mi sento particolarmente bene. Il soundcheck è stato caotico, il suono rimbalzava sul soffitto altissimo, speriamo che con la sala piena di gente vada meglio.

Mi sono fermato a parlare con Marco Farina, la seconda chitarra dei Nabat, ho visto il pubblico romano arrivare. Volti che conosco da vent'anni e più, e ragazzi giovani, adolescenti, punk, skinhead, capelloni, rasta, gente di tutti i tipi.

È arrivata una ragazza con il mohicano, non è vestita in modo stereotipato, sembra una tipa vera, non una foto di King's Road del 1981. Ha portato un bavaglino da neonato a Steno e gli ha chiesto qualcosa. *Il Vèz* ha firmato il bavaglino. La punk girl ha un bambino e l'ha chiamato Steno. Steno ha firmato il bavaglino di Steno. Steno+Steno uguale Tnt. Parafrasi del titolo di un vecchio disco di culto.

Tutte le volte che vado sul palco so che per molti, tra la gente sotto il palco, i Nabat sono un fatto importante, qualcosa che appartiene alla sfera più intima. Siamo insomma la band preferita, in un genere controverso e classista come lo *street punk* degli skinhead. E quindi sono sempre molto teso quando vado sul palco.

La sala si è riempita. Si sentiva meglio, il concerto è filato, ci siamo lasciati andare e il suono è diventato rabbioso. Eravamo convinti, la gente si è infoiata e saltava e cantava.

So di dipendere dall'adrenalina e dalle endorfine del palco, o meglio, di questo palco, quello di questa band e della sua gente.

Non è mai bene avere dipendenze. Difficile vivere senza averne.

Uno

L'aereo è minuscolo. Due sedili per parte, in tutto siamo sedici, niente posti liberi.

Ero riuscita a convincerli che dovevo trasportare due bagagli. Uno era il giubbotto antiproiettile. In quei voli il peso è controllato con estrema attenzione perché incide sulla stabilità del velivolo e sulla sicurezza dell'atterraggio. Al mio Mop era stata assegnata una priorità 6, in pratica sono in fondo alla lista. È che non lavoravo con le Nazioni unite. Ma se sei giornalista puoi accreditarti e fare richiesta per volare con i loro mezzi, *no charge*. Del resto non ci sono molti modi per andare da Kampala a Goma: ci puoi andare in bus, ventiquattr'ore di viaggio, oppure ci sono i voli di linea congolesi, ma è rischioso, tipo roulette russa. Gli incidenti sono frequentissimi. Quando abitavo a Goma se ne schiantò uno a duecento metri da casa, nessun sopravvissuto. Tutti, anche i più arditi, mi avevano detto di evitare la compagnia di linea congolese. Aerei senza alcun tipo di manutenzione, sovraccarichi, tutti i passeggeri portano chili e chili di qualsiasi mercanzia, oggetto, bene personale. Potevano esserci incidenti durante un atterraggio sotto la pioggia. Ma anche col sole.

Con le Nazioni unite, benché i posti per via della tua bassa priorità sono sempre in forse, almeno non rischiavi la pelle.

Il Mop (Movement of Personnel) è il modulo che le Nazioni unite ti fanno compilare e firmare prima di viaggiare. Dichiari che è una tua responsabilità personale prendere un aereo non di linea che «non ricalca i parametri di sicurezza dei voli di linea internazionale». Anche le Nazioni unite hanno una storia di incidenti piuttosto lunga. In pratica firmi che se muori sono fatti tuoi. Come se ci fosse bisogno di una firma per saperlo.

Sono l'unica civile. Gli altri, tutti militari del contingente di pace. Parlano spagnolo a voce alta, capisco che sono peruviani, c'è pure una donna, appariscente, capelli lunghi, biondi. Sono eccitati, è la loro prima missione in Africa. Chiudono la portiera, il motore si accende, lentamente le eliche prendono il giro, loro non trattengono l'eccitazione, fanno selfie su selfie, da soli, in coppia, in gruppo. Le Nazioni unite utilizzano spesso soldati di paesi in via di sviluppo perché costano meno. Durante la mia permanenza i soldati che conoscerò sono pachistani, kenioti, peruviani, colombiani.

Ho la mente sgombra, non so cosa mi aspetta all'arrivo. Il volo dura un'ora, si viaggia a bassa quota, sto sorvolando i Grandi Laghi, l'idea della solitudine mi rende felice, piena.

Giù di sotto, una distesa di francobolli argentati, biancastri, gli *slums* di lamiera di Goma, la capitale del Kivu, un'area in guerra da decenni. Vedo il Nyiragongo, un vulcano attivo, impressionante nella sua cresta di nubi. Eccoci nella Repubblica democratica del Congo.

Ed ecco l'aeroporto. A terra vedo quasi solo carcasse di aerei, scheletri di fusoliere, pezzi e frammenti buttati alla meglio ai lati della strada, giusto per tenere la pista sgombra.

Scendiamo.

Mi ricorda una stazione degli autobus, non un aeroporto. Tutto è apparentemente informale, tutto è raffazzonato e le procedure sono a dir poco particolari. Controllo passaporti e restituzione dei bagagli avvengono nella stessa tenda. Poi la trafila all'ufficio immigrazione, per i visti e i timbri d'ingresso. Ci provano sempre a chiederti dei soldi, o a non farti entrare con una qualsiasi scusa, siccome sei giornalista. Tu sorridi, sii molto gentile. Quelli che contano sono tutti uomini, non sarà difficile. Di' sorridendo che le carte sono in ordine.

LETTERA PER AMICI STRETTI, FRATELLI, GENITORI

Rumangabo. Parco di Virunga, Nord Kivu, Drc,
17 febbraio 2013

Sono a qualche ora di macchina a nord di Goma. Inaspettatamente ho trovato uno *spot* con elettricità e internet. Sono partita venerdì con due giornalisti tedeschi, Kristine e Arndt, insieme a un autista di nome Texas. Le strade sono disastrate, non asfaltate, piene di buche, e il suolo è vulcanico, sassoso, quindi per spostarsi ci si mette moltissimo tempo.

Il territorio è controllato dall'M23 (gruppo ribelle che si autoproclama rivoluzionario e che controlla buona parte del Nord Kivu, finanziato da Uganda e Ruanda). In questi giorni siamo sempre stati con loro, ho intervistato il presidente e passato la serata con esponenti abbastanza importanti dei colonnelli.

La composizione dell'M23 è molto differenziata, ma in linea di massima stanno parecchio attenti con i giornalisti: si propongono come potere costituente, hanno addetti stampa, quindi non siamo proprio a rischio.

Kristine ha una rete fittissima di contatti, sono anni e anni che ci lavora, era presente in situazioni estremamente delicate (al fronte, durante i combattimenti, durante la presa di Goma) quindi gode della loro stima e di una relativa fiducia.

Vi mando una foto, abbiamo dormito qua ieri notte; è pieno di scimmie. Da tre giorni aspettiamo l'incontro con Fanette (nome di battaglia Queen 1), colonnello dell'M23, una delle poche donne combattenti con un grado così alto. È difficile averci a che fare, è sempre impegnata, si occupa del training dei militari, e qui comunque comunicare è una faccenda parecchio complessa. La notizia positiva è che ora ho la certezza che le guerrigliere esistano, e non sono nemmeno poche, e so dove sono. In questa base militare dell'M23, Rumangabo, pare siano un centinaio. Ora la cosa difficile sarà riuscire ad avere il permesso per entrare nella base, passare del tempo con loro, fotografarle. Inutile dire che sto spendendo una barca di soldi (autista, benzina, cibo, sistemazione) ma sono troppo vicina a quello che cercavo per rinunciare adesso.

La situazione politica è molto più complessa di quello che mi aspettavo, un dedalo di gruppi e alleanze e posizioni e basi, e villaggi contesi. È molto impegnativo processare tutte le informazioni che mi passa Kristine perché, appunto, è un labirinto di nomi e di vicende che si intrecciano: studiare la storia politico-militare del Kivu su un testo vecchio anche solo di un anno (cosa che ho fatto prima di arrivare qui) è inutile o quasi, perché tutto cambia incessantemente.

Kristine ha contatti stretti con tutte le parti in gioco: l'intelligence congolese e ruandese, i leader di ogni gruppo ribelle eccetera; ha informazioni fresche, sempre nuove, nessun altro qua intorno le ha. Insomma, l'esperienza con lei è davvero dura (c'è un gap di esperienza evidente) ma è una sfida e non mi tiro indietro.

A parte questo la notizia positiva è che abbiamo già un primo *assignment* per un giornale tedesco che vuole fare un reportage per l'8 marzo con questa nostra storia. Non è molto, spero proprio sia solo l'inizio (saranno due pagine e due foto su *newspaper*), ma se riesco ad andare avanti con la storia sono certa del suo potenziale di interesse.

Ho parlato informalmente con «D di Repubblica» e vorrebbero vedere il lavoro appena è cominciato. I contatti non mancano, ci sono diversi *magazine* internazionali interessati.

Infine sto lavorando di brutto sul fronte ong. Goma è la città delle ong e ne ho contattate parecchie; ho già avuto un meeting qua sul posto con alcune e sto aspettando la conferma – dita incrociate – per uno shooting la prossima settimana. Sia foto che video, per Save the Children Uk. Stavano cercando una fotografa donna con sede a Goma che potesse fare uno shooting su alcune donne (stuprate, tanto per cambiare). È importante, lo so, ma sembra che le donne interessino solo se sono vittime.

Credo che la permanenza a Goma si prolungherà; non riesco a trovare un buon motivo per tornare in Uganda. Anche se sono ancora scombussolatissima perché è tutto accaduto molto in fretta (Kampala, accrediti, il volo Onu, la sistemazione a Goma, ricerche...), la situazione qua mi sta prendendo moltissimo. Pian piano scavo nella memoria scolastica e ritrovo un po' di francese. Insomma è probabile che stia qua tutto febbraio e buona parte di marzo, dato che ho trovato una sistemazione gratis per un mese. Un fotografo della missione Onu Monusco ha un posto in casa e non vuole niente. La mia buona stella?

Vi penso tanto e vi mando un abbraccio. Mandate news quando potete.

F.

Due

La prima cosa che ho conosciuto per davvero di Goma sono stati il Coco Jambo e lo Chez Temba.

Cosa fai in una zona di conflitto quando hai lavorato tutto il giorno incamerando aggressività in un groviglio di dinamiche relazionali frustranti, segnate da anni di guerra, lottando con oggetti che non funzionano, cercando di fare interviste e dare un senso alla giornata?

Ti vai a ubriacare al Coco Jambo.

E se hai impartito ordini tutto il giorno in una missione delirante che ti dà un botto di soldi ma che ti porta lontano dalla famiglia in un luogo davvero disastrato?

Vai al Coco Jambo.

Anche se lavorando per la Monusco non ci potresti nemmeno andare, perché è un luogo rischioso.

Proprio perché non ci puoi andare, all'ingresso del Coco Jambo incontro sempre le 4x4 con il logo «UN» scritto bello grande, che a Goma, tra i congolesi, è sinonimo di pollo da fregare. Non è raro imbattersi in ragazzini che accolgono a pietrate le jeep Onu, tanto per far capire quanto siano amati. Oppure, se hai ventun anni e sei nata a Goma e non hai i soldi per studiare e sei carina, la sera vai al Coco Jambo. Puoi trovare un giornalista, un cooperante, o meglio, un funzionario Onu e scroccargli da bere. Di sicuro non avrà molto di meglio da fare e starà lì a sciogliersi a forza di Black Label. Magari te lo fai e diventi la sua fidanzata per qualche settimana, ti porta in giro la sera, a mangiare fuori. Ti compra qualche vestito. Sì, ci devi andare a letto, sono queste le regole. Magari svolti: sei fortunata, magari non è un tipo orribile, ti sposa, ti porta con te a Bruxelles. O in America. E tu cambi vita.

La musica si fa mano a mano più alta. Prima i camerieri fumati del Coco Jambo hanno portato pizze fatte al forno, nemmeno malvagie, qualche piatto di pollo, patate fritte. Un clima quasi disteso, pigro. Ora l'energia cambia, è mezzanotte. Lo capisci dal tipo di ragazze che sculettano entrando nel locale. Sanno quando i bianchi sono già un po' cotti. Hanno abitini strettissimi, tacchi alti. La maggior parte di loro, be', sono proprio fiche. Si avvicinano al bancone del bar. I baristi le conoscono tutte e hanno accordi comuni che fruttano almeno il bicchiere iniziale. Del resto i gestori del Coco Jambo fanno soldi proprio su questo miscuglio di avventori. Cristo: c'è bisogno di tutti loro, cooperanti, giornalisti, funzionari Onu, prostitute. Anche tu, prima o poi, verrai spennato se non presti abbastanza attenzione.

Il Coco Jambo è l'unico posto dove si può comprare dell'erba tranquilli, anche cocaina se vuoi. Ci sono spacciatori che ti portano nel retro, vicino al forno a legna; se sei un cliente regolare ti fai una cannetta e poi procedi con l'acquisto. La musica congolese, nel frattempo, pompa, è magnetica. Ci sono le hit del momento, come *Sawa Sawa.* La pista comincia a riempirsi. Le congolesi si piazzano di fronte allo specchio largo tutta la parete e cominciano a ballare alla grande. Non hanno rivali. Lì al Coco Jambo le donne non africane, per quanto belle, intelligenti, in gamba, quello che vuoi, non hanno quell'attitudine che noi colonialisti chiamiamo «selvaggia». E non sfoggiano nemmeno quelle mise.

Il ritmo è incalzante. C'è qualcosa che rende le prostitute bellissime e insostituibili. Sono delle strateghe, occhio: è matematico, a un certo punto della serata qualcuno, sbronzo, comincerà ad aggirarsi cercando il portafoglio o la borsa, ma la musica va avanti e ai più non interessa, continuano a ballare. Fa parte del gioco essere derubato al Coco Jambo.

Quante volte sono stata sbronza anch'io? Parecchie. Ci andavo con pochi dollari in tasca. Però ballavo insieme alle congolesi, gli piacevo.

Una volta mi rubano il telefono, quello vecchio. Merda, ci tenevo la seconda sim congolese. A Goma, dopo una certa ora, matematico che le linee telefoniche non funzionino o funzionino malissimo. Per questo è consigliato avere due sim, di compagnie differenti. Se non funziona una forse funziona l'altra.

Arriva il buio.

Alle sei del pomeriggio sembrano le quattro del mattino; tu non ne puoi più dell'ennesima giornata frustrante dove per fare tre cose basiche ci hai messo dodici ore, internet non funziona in nessuno dei tre hotel che hai girato, ti sei fatta mezza Goma in mototaxi giusto per leggere due email, ti sei coperta di polvere e, se sei stata fortunata, ti sei fatta la doccia sotto la pioggia, che è piuttosto frequente. Comunque non sei riuscita a fare quello che ti eri ripromessa di fare, le cose più importanti, perché non funziona un cazzo e ora è già buio. E c'è il coprifuoco.

Vuoi solo chiamare Dan e uscire. Chi non ha la macchina è intrappolato. Circolano pochissimi mototaxi di notte, sarebbe proibito andarsene in giro, sempre potenziali problemi con gli sbirri locali. La luce può staccarsi da un momento all'altro. Non parliamo di farsi una doccia, anche l'acqua corrente adesso non c'è. Dove hai messo la torcia? E le candele? No, non puoi stare in casa, hai bisogno di fare qualcosa, di bere, di ballare, e mentre pensi questo la luce se ne va. Cristo. Trovi l'accendino in cucina.

E finalmente riesci a prendere la linea, «*Hey man, what's up? Yes, let's meet. You coming to pick me? I'm at Sylvain place. Yeah, in 15. Bye*».

Ti trucchi a lume di candela. Per la scelta della tua tenuta da venerdì sera puoi decidere tra un paio di pantaloni tecnici, scarponi e scarpe da tennis, camicie varie.

Uff.

A Goma le regole sono talmente altre che tutto sembra un circo. Molti di noi hanno compagni e compagne a casa che li aspettano. Grandi racconti, grandi cazzate, grandi corna. Sembra che non conti perché sono come due realtà parallele. La percezione di essere in un circo a tinte forti è pervasiva, è come se tutto fosse permesso. E quindi al Coco Jambo vedi il presidente della cooperazione di un paese dell'Europa mediterranea flirtare con una congolese molto molto molto giovane, vestita molto molto succinta, trucco pesante che le dà un paio di anni in più.

La musica prosegue, le frequenze basse battono forte nell'orecchio, come se volessero ricordarti che cosa viene prima. Le viscere, l'istinto.

Tre

Lo Chez Temba, invece, è molto più offlimits per gli stranieri. Lì la percentuale è invertita. Sono tutti congolesi, tranne pochi occidentali. Allo Chez Temba ci andavo meno, ma solo perché stavo con Dan; lui andava al Coco Jambo, io mi muovevo con lui. Non avevo la jeep, non potevo muovermi liberamente e da sola.

Una sera andai a ballare con Horeb, il suo *fixer*, senza di lui. E fu memorabile. Ero l'unica bianca. Era un venerdì sera e lo Chez Temba era imballato. Era tutto assolutamente argentato, pieno di specchi.

Horeb è un patito di moda. Non è esattamente un *sapeur*, un dandy, ma gli sarebbe piaciuto, poi ha visto che a fare il *fixer* per un americano si guadagna molto meglio.

Per quell'occasione si era vestito in maniera ricercata: merletti sulla camicia bianca, pantaloni grigio scuro eleganti. Conosceva molti brand di moda italiani, territorio a me alieno, ma bastano poche nozioni basiche per poter imbastire una conversazione. Mi piaceva stare ad ascoltarlo e sentire cose dell'Italia che nemmeno io sapevo. Horeb è ovviamente molto congolese quando è nel suo ambiente, ma vive negli Stati Uniti, lavora con Dan da anni, per cui sa come ragiona una bianca, in generale. Con me è protettivo. Mi lascia ballare con chi voglio perché ha capito che tipo sono; in mezzo a quel delirio di corpi umani appiccicati dal sudore, dalla danza, su e giù, vicini, ogni tanto sento una sua occhiata addosso. E mi sento tranquilla.

Tra le amanti che Dan aveva avuto negli anni a Goma credo di essere stata la preferita di Horeb. Non c'è niente da fare, il mio desiderio di esplorazione mi portava a lanciarmi in mezzo alla pista perché quella musica parlava alle mie viscere. Una musica grezzissima, percussioni ossessive. Se sei capace di muovere il bacino in un certo modo puoi anche non parlare swahili, ma hai sfondato la porta d'ingresso. Mi sentivo libera.

«*Elle est africaine, mon frère, elle est africaine!*» diceva Horeb all'orecchio del suo amico. Dan di solito non faceva molto altro che annuire, sorridendo dietro i baffetti, scuotendo la testa a ritmo. Mica l'avevo mai visto ballare, lui. Di solito stava col whisky in mano seduto da qualche parte, attorniato. Era un personaggio. Tutti lo conoscevano a Goma perché ci viveva per molti mesi all'anno da anni. E inoltre faceva girare l'economia, diciamo. Stava lì a chiacchierare con un altro giornalista e guardava l'evolversi della scena. Mica l'aveva imparato il francese; dopo anni che ci viveva, sapeva giusto qualche parola. Sapeva un po' di swahili. Insomma riusciva a comunicare. Le persone carismatiche lo fanno. Hanno altri *entry points*.

Che saremmo finiti immediatamente a letto lo avevamo capito subito, quando ci eravamo stretti la mano per la prima volta. «Piacere, Dan», «piacere F.». Sì, ciao. Dovevamo essere coinquilini, lo restammo per poco. Io arrivai a Goma e fui indirizzata da Kristine ad affittare la stanza libera di questo film-maker americano. A me andava bene, non avevo molte scelte del resto: Kristine non volle ospitarmi nemmeno un giorno. Al mio arrivo questo tizio non c'era, era a Kisangani, uno shooting per il suo documentario. Stetti un po' di tempo in quell'appartamento, sola. Era una casa impersonale, un paio di camere, una sala, due bagni, una cucina con un forno elettrico. In sala, post-it attaccati al muro, un'enorme mappa geografica del Congo. Hard-disk sparsi sul tavolo. A parte questo, non sapevo niente del mio padrone di casa. Avevo visto un paio di cose sue online ma non avevo avuto tempo di fare stalking.

Avevo la sensazione che fosse un discreto figo, però. Lo era. Ed era anche il più grande *war junkie* disconnesso che avessi mai incontrato. Tornò da Kisangani, dopo poche ore eravamo a letto. Andò avanti così almeno un mese. Mi ero innamorata di Dan, lui era il *fighter* che volevo.

Avevo cominciato a bere. Al Coco Jambo, più raramente allo Chez Temba, cercavo uno stato di alterazione. Musica & alcol, avviene in ogni parte del globo. Non stavo in mezzo a imboscate durante il giorno, non cercavo di dilatare la fattanza di adrenalina per vivere il meno possibile di un quotidiano assurdo. No, lì a Goma bevevo perché era l'ambiente: bevevo perché tutti bevevano.

Molti giornalisti che avevo conosciuto bevevano come spugne. Tutti, quasi tutti bevevano. L'alcol era parte di strategie per evadere la realtà, per scopare, per spillare soldi ai *muzungu*, i bianchi, e anche di strategie più raffinate.

Come quelle che utilizzava Kristine, ad esempio.

Quattro

All'inizio mi affascinava molto. Era totalmente dentro la parte che le assegnava un universo complesso che non capivo, e in quegli snodi aveva un ruolo decisivo, apparentemente puntuale, in realtà sfuggente. Kristine Fuchs, la corrispondente per il quotidiano tedesco «Taz» della regione dei Grandi Laghi: Uganda, Tanzania, Burundi, Congo, Repubblica Centrafricana, occasionalmente Kenya, Sudan del Sud. Non male, trentenne, già in quella posizione da anni. L'avevo contattata io.

Ero nel delirio del Natale bolognese, mi tenevo in forma con la muay thai e con la danza, mi sentivo fuori contesto, guardavo la città fuori dalla mia finestra e vedevo San Donato, la periferia, che in quel momento non mi sembrava offrire nulla per la mia sete di esperienza.

Me ne stavo nel mezzo di ricerche antropologiche su guerrigliere in Congo, il nome di Kristine venne fuori da una ricerca su Twitter. Era una delle giornaliste che twittava di più dal campo. Twittava sul conflitto del Nord Kivu e sull'M23. Sembrava seria. Le scrissi della mia idea di ricerca sul ruolo attivo delle donne nella guerriglia. Mi rispose subito, entusiasta. Scambio di email. Sembrava professionale, molto impegnata. Bastava.

Primo incontro, un disastro.

Abitava vicino a Kampala, nell'area di Kabalagala. Arrivai in mototaxi. Una grande casa da *expat* con un alto cancello, recintata da muri altrettanto alti.

Mi ricevette. Di là dalla scrivania prendeva appunti sul laptop dandomi un'occhiata di sbieco, a tratti inespressiva, si giostrava tra due telefoni che squillavano di continuo. Qualche «*yes*» distratto, parlando con altre due persone, chattando con altre quindici. Mi disse anche un «*Oh really?*». Ero a disagio. Mi metteva in condizione di assoluta inferiorità, mi guardava dall'alto in basso. Io avevo preso quel biglietto di sola andata dall'Europa basandomi su quel solo contatto.

Coraggio.

Secondo meeting: mi invita alla sua festa di compleanno. Arrivo sola, c'è gente, tutti internazionali, pomeriggio, lei già fradicia. Non mi caga di striscio per tutta la sera. Una stronza, decido. Giro per la festa, non so che cazzo fare, mi sento piccola. Provo rabbia. A un certo punto mi guarda e mi fa: «Se sei seria riguardo alla ricerca, meglio che vieni con me in Congo».

Mi va mezzo di traverso il drink e dico: «Quando?».

«Una settimana.»

E così eccomi in Congo, dove vedo bene che sa fare il suo lavoro e altro. Vedo che sì, i contatti sono davvero quelli giusti. Ma dal punto di vista umano è fredda come una serpe, non mi piace affatto.

Aspettiamo per giorni in una tenda all'interno del parco nazionale di Virunga. Dobbiamo incontrare Queen 1, il colonnello Fanette Umuraza, un pezzo grosso, la mia ricerca sembra partire col botto, ma noi aspettiamo e quella si fa desiderare. Ci aveva dato un appuntamento, non c'era, e noi stavamo lì nella giungla ad aspettarla e ogni giorno erano soldi di *fixer*, affitto jeep e *driver*, e *money money money*, come diceva Kristine. Ma Goma era a ore di macchina, non si poteva fare avanti e indietro in territori ribelli.

Quelle prime giornate sul campo mi aiutarono a staccare dall'acquario per bianchi di Goma e a darmi una prospettiva sul senso del mio viaggio. Avevo studiato, studiato e studiato: ora quelli che erano fantasmi culturali e da news, le donne in armi incarnate da Fanette Umuraza, stavano per prendere forma.

Sapevo che la realtà del gruppo cui apparteneva era complessa: si trattava di un'organizzazione articolata, che aveva una volontà precisa di alterare gli equilibri politici dell'area, che godeva di agganci e protezioni in paesi vicini e che aveva un'ideologia che noi definiremmo democratico-radicale. Non sapevo che tipo di donne avrei incontrato tra le loro file: il fatto che Fanette Umuraza, Queen 1, rivestisse un grado così alto era di per sé significativo. Io comunque non ero interessata ai risvolti propriamente politici o ideologici della vicenda: mi interessava l'identità, lo strappo nei ruoli sociali e culturali che provoca una donna che sceglie la carriera delle armi. In questo caso potevo parlare di carriera: Fanette, Queen 1, era colonnello.

Mentre ci lasciavamo alle spalle Goma, pensai che la condizione delle altre combattenti, quelle di gruppi minoritari estremamente violenti come le formazioni Mai Mai, doveva essere molto diversa.

Procedevamo verso il parco di Virunga con la velocità degli spostamenti in quell'area: una estenuante lentezza.

Avevo tempo per apprezzare l'esplosione di specie vegetali e animali che mi circondava, il continuo cambio di paesaggio. Ma la testa era bloccata su quel punto. Le donne in armi. Le guerrigliere.

Cinque

Nel Parco di Virunga, aspettando Queen 1, ci capitò di condividere il letto, io e Kristine.

Sentivo le sue telefonate con un certo Douglas. Parlavano inglese, capivo tutto. Ma lei dopo i convenevoli usciva dalla tenda, non avevo idea di chi fosse quel tipo.

Al di là della privacy, che certo era un'esigenza, percepivo una vaga paranoia, un senso di segretezza. Pensai a una storia illegittima con qualche collega. Dopo pochi mesi avrei scoperto che la cosa era da tenere nascosta per un motivo ancora più serio. Kristine, la corrispondente tedesca, fredda e quadrata, aveva una relazione con uno dell'intelligence del gruppo ribelle, che era l'oggetto principale dei suoi articoli sul campo. *Welcome to reality.*

Passavano i giorni e Fanette Umuraza, Queen 1, braccio destro di Sultani Makenga, il leader militare della milizia M23, non arrivava. Kristine aveva deciso di investire il nostro tempo incontrando altri esponenti dell'M23, dei colonnelli. Li invitò nel lussuoso unico hotel della zona. Un posto famoso, dove hanno girato molti documentari. Un albergo per internazionali ricchi che venivano a visitare il parco in anni meno violenti.

Arriviamo all'hotel insieme ai colonnelli. Nella loro jeep, già durante il tragitto, la Fuchs con quei due flirta senza ritegno. Uno di loro allude al fatto che presto diventeremo le loro due mogli *muzungu*, bianche. Anche se propriamente *muzungu* significa «uno che gira attorno senza scopo». La cosa non mi piace, benché sia semplicemente uno scherzo. Affino i sensi, c'è una partita in corso, e le redini le tiene la mia gelida compare.

Nella hall, se scendi le scale della terrazza, sei dentro il parco naturale. Questo ogni tanto mi distrae. Cerco di seguire i discorsi, allusioni ad avvenimenti, battaglie, combattimenti, salvataggi, trattative che non conosco. Kristine continua a versare whisky. Nessuno ha mangiato nulla durante tutto il giorno.

Il colonnello Vienney Kazarama – quello di cui io sarei dovuta diventare la consorte – è già completamente ubriaco, mi lancia sguardi e ogni tanto biascica il mio nome. Ma lui non conta, l'ho capito, Kristine punta all'altro. Un colonnello che è stato nell'intelligence. In un recente attacco del governo congolese è rimasto ferito, lei lo ha saputo da qualche fonte.

Kristine a un certo punto gli sfiora una mano e con un sorriso aperto gli chiede: «Ma allora la ferita come sta?».

Lui ovviamente – eroe di ritorno dalla battaglia – si gonfia, si erge e risponde: «Ah, una ferita di merda, profondissima. Sono stato molto fortunato. Pensa che sono venuti a prendermi in elicottero».

Kristine fa: «Ah sì? Ma dai». E continua: «E dove ti hanno portato in quelle condizioni?».

Lui risponde senza pensare: «Ma a Kampala! Al Nakasero Hospital!».

Kristine mi guarda, con distaccata soddisfazione.

Perfetto, coglione, in due frasi hai confermato il supporto anche operativo del governo ugandese al gruppo ribelle M23.

Sto morendo di fame. So che mi ubriaco se continuo così. Ma come fa Kristine, mi chiedo, nemmeno lei ha toccato cibo da stamattina. Adrenalina?

A un certo punto mi accorgo che fa solo finta di bere. È sempre lo stesso bicchiere. Lei versa agli altri e beve centellinando, avendo semplicemente cura di farsi vedere quando lo fa. Me ne sono accorta dopo un bel po' di tempo, e ciò conferma la tesi: sono ubriaca.

Ho un altro crampo di fame.

Mi avvicino a Kristine, le dico che vado a cercare del cibo, non mi risponde, mi lancia un'occhiata durissima.

A fine serata mi becco la cazziata: «Sei stata molto irrispettosa, sai. Ti sei assentata per mangiare quando quei poveri ribelli non mangiano niente tutto il giorno!».

Fanette arrivò a metà mattina, faceva già molto caldo e non aveva ancora piovuto. Io e Kristine stavamo discutendo su che cosa fosse il caso di fare. I soldi stavano finendo, avevamo pochi giorni, forse un paio, di autonomia.

È vero, non è uno stereotipo, che la foresta pluviale è rumorosa. Ti senti immersa in qualcosa di vivente, in un organismo che ha ritmi e cicli precisi, che respira e che si esprime con una moltitudine di suoni e di richiami. Succede qualcosa al corpo, se è sensibile. Diventa più attento, più accorto. Come se si attivasse una memoria specifica, ancestrale, che risale a chissà quando nella nostra storia evolutiva. Mentre io e Kristine ci confrontiamo, una parte di me percepisce qualcosa di diverso, una discontinuità. Smetto di parlare, tendo le orecchie. Capisco che si è fatto silenzio. Guardo Kristine, che sembra non cogliere.

Sento rumore di motori.

Ora Kristine sorride di soddisfazione.

Arriva la colonna M23: veicoli relativamente nuovi ed efficienti, divise mimetiche impeccabili. Il convoglio si arresta, scendono gli uomini disponendosi con precisione quasi coreografica, dalla portiera di un fuoristrada esce lei, Queen 1. Truccata impeccabilmente, unghie laccate, mimetica e basco. È la prima e la più importante delle donne che incontrerò. Ha un'aria più professionale, politica, che guerriera. Ma so che è in grado di usare le armi, di combattere, come tutti i quadri politico-militari dell'M23.

INTERVISTA A FANETTE UMURAZA, QUEEN I, GRUPPO RIBELLE M23

«Come ti chiami?»

«Fanette Umuraza»

«Quanti anni hai?»

«Trentadue.»

«Dove sei nata?»

«Sono nata a Masisi, Mushaki, vicino a Ruvunda. Ho studiato in Ruanda, all'Università nazionale di Butare. Scienze politiche. La mia famiglia ora vive in Ruanda, sia mia madre che mio padre.»

«Perché avete lasciato il Congo?»

«La guerra. Ce ne siamo andati nel '97. Abbiamo vissuto in diversi campi profughi, ad esempio Bumba. Poi abbiamo trovato casa a Gisenyi, io ho proseguito gli studi e mi sono laureata.»

«Perché hai scelto Scienze politiche?»

«Interesse, passione. Mi sono laureata nel 2007.»

«E come mai hai deciso di entrare nell'M23?»

«Ci sono problemi seri in Congo, come sai. Le idee dell'M23 e del Cndp, il Congresso nazionale per la difesa del popolo, mi hanno coinvolto, penso che propongano delle soluzioni, delle vie percorribili e così mi sono unita alla lotta. La mia responsabilità iniziale erano gli studi sociali e di genere.»

«La questione di genere è importante per il vostro movimento?»

«Per il Cndp le questioni sociali e di genere sono correlate e sono della massima importanza. La cultura tradizionale, la politica congolese non hanno mai dato importanza alla donna. Non ne è mai stata promossa l'emancipazione. Eppure è evidente che una donna può fare quello che fa un uomo. Nella cultura tradizionale le donne servono a fare figli, stare in casa, pensare alla cucina, non possono mettersi alla prova fuori da quel contesto come fanno gli uomini. Per questo ci sono molte donne attive all'interno del Cndp e dell'M23. Sul campo abbiamo dimostrato il nostro valore. Possiamo fare tutto quello che fanno gli uomini.

«Parlami del ruolo tradizionale della donna in Congo.»

«Alla scuola primaria il rapporto tra maschi e femmine è abbastanza equilibrato, poi diminuisce nelle scuole secondarie, e di donne all'università ce ne sono poche. Il punto è che nella cultura tradizionale l'età in cui accedi alla scuola secondaria è anche l'età in cui generalmente le ragazze vengono date in matrimonio. A diciotto anni tutti si aspettano che tu sia sposata. Se sei intorno ai trenta, e non sei sposata e non hai figli, è percepito come molto strano. Ti riempiono di domande. C'è pressione su di te se non sei sposata, ti dicono: "Ormai non trovi più nessuno che ti vuole".»

«Quale strategia hai adottato per cercare di cambiare questa situazione?»

«Lavorare con le altre donne per sensibilizzarle, fare training in campi considerati maschili, mostrare loro che possono farlo. Spiegare che anche qua le cose possono, devono cambiare. Dire loro che sono uguali ai propri fratelli e possono fare le stesse cose, avere gli stessi progetti, e anche essere un esempio morale.»

«Quante donne ci sono qui a Rumangabo?»

«Non lo so con precisione. Direi una cinquantina. Quadri politici, polizia militare, soldati.»

«Gli uomini hanno accettato tutto questo?»

«Sì. Ci trattano come camerati. Assolutamente egualitari. Qui c'è meritocrazia, se dimostri che sai fare una cosa non importa se sei uomo o donna. Ho un livello di responsabilità alto, come quello di un uomo di pari grado. La mia filosofia di vita è questa. Prima di tutto io sono fiera, fiera di essere donna. Uomo e donna si completano. Non c'è una gerarchia tra i generi.»

«Qual è stata la tua formazione all'interno del movimento?»

«Il mio è stato un training da quadro politico-militare. Conosco le armi e le so usare.»

«Qui in Congo le donne sono le prime vittime della guerra civile, insieme ai bambini. Ritieni che il tuo ruolo sia rivoluzionario?»

«Certamente. È un ruolo rivoluzionario, una rottura della tradizione. È vero, le donne sono vittime in molti sensi, subiscono violenze, stupri, e con le donne ci sono sempre i bambini. La donna deve essere protetta, deve proteggersi. Poiché è la prima vittima della guerra, dovrà essere lei a impegnarsi per costruire la pace. Dobbiamo fare qualcosa in quella direzione, anche con le armi in mano.»

«E per quanto riguarda la leadership politica? Pensi che le donne possano svolgere un ruolo del genere in Congo?»

«Non ci sono mai state donne ai vertici del potere politico in Congo, nemmeno ai tempi di Mobutu. Penso che dovrebbero esserci.»

«Hai un punto di riferimento per il compito che stai svolgendo ora? Una figura che ti ispira?»

«Giovanna d'Arco. Ho amato la sua forza, la sua passione. Ho letto molti libri, ho visto anche il film su di lei. Ero alle superiori. Mi impressionò molto. Amo i rivoluzionari.»

«E nella contemporaneità?»

«Angela Merkel. È una donna molto forte.»

Sei

Dan era uno dei pochi giornalisti che possedeva una jeep a Goma, ci viveva molti mesi all'anno e un mezzo del genere cambia la vita. Adoravo quell'auto. Aveva una scritta su un fianco fatta con il nastro adesivo nero: «FIGHTER».

Io non mi analizzavo, vivevo quella relazione così com'era. Ma se c'è una cosa che Dan ha fatto di buono è stato farmi guidare quella jeep; provavo un attaccamento da adolescente per quel mezzo. Se me l'ha fatta guidare di notte sulle rocce laviche di Goma vuol dire che si fidava di me. Un cratere dietro l'altro, si procedeva saltellando e zigzagando, balzi e controbalzi su pietre, buche, roccia lavica appuntita. A momenti ti scappava la presa sul volante enorme; dietro, lo zaino con la macchina fotografica faceva un salto in aria di mezzo metro.

A destra c'era il lago Kivu, nero, a sinistra la collina, non c'erano vie di fuga. Gli attacchi in quel punto della strada erano frequenti ma era l'unica via per tornare a casa. C'erano gang dedite solo a quello: assaltare le macchine in giro durante il coprifuoco. Rischiavamo che ci rubassero tutto, jeep compresa. Ed era il meno. Non abbiamo mai rispettato il coprifuoco, che era una roba decisa dalla polizia solo per tirare su qualche dollaro. Ti fermavano e tu li corrompevi, tutto qui.

Guidare quella jeep in quelle condizioni mi dava le stesse sensazioni di quando facevo sesso con lui. Mi sentivo libera, potente. Quando eravamo insieme stavamo sempre in camera sua anche se avevamo la casa tutta per noi. Dan era l'oggetto delle mie proiezioni sul maschile.

Allora non indagavo i motivi di quel legame, percepivo lontana una contraddizione, ma seguivo il corpo, il cuore, la chimica fortissima, l'attrazione fisica così intensa.

Sotto un certo punto di vista Dan era irresistibile, la sua figura pubblica intendo. La sua figura di vincente paradossale, di re degli outsider bianchi di Goma, mi attraeva, mi legava. Ci divertivamo, era un animale sociale, sempre sul palcoscenico, però con stile. Nel quotidiano diventava ripetitivo: ripetitivo quel che faceva per rilassarsi, ripetitivo come mi cercava a letto. Quando me ne resi conto rimasi abbastanza sorpresa: ero io che mi ero annoiata perché gli stimoli non cambiavano oppure era lui che era veramente noioso, perso nei suoi *loop*?

Di sicuro l'unica cosa che continuava a piacermi era il suo documentario. Quello sì che mi sembrava una vera esplorazione. Io volevo l'Avventura, eravamo nel posto giusto, nel Kivu, con decine di gruppi ribelli di cui ancora non si conosceva nulla.

Riguardo tutto oggi e mi chiedo se mi ero attaccata alla persona o alla proiezione, a quello che al tempo doveva soddisfare i miei bisogni naturali, umani o a un'idea.

Avevo un deserto relazionale intorno, vivevo in un luogo dove quasi tutti i rapporti erano strumentali, servivano a qualcosa di eminentemente pratico, o fisico.

Ho avuto altre storie in Congo. La mente si attacca agli oggetti, alle esperienze che gratificano, e li vuole replicare, ne vuole ancora, li vuole possedere. Così cerchiamo la cosiddetta felicità: per rispondere al costante bisogno di gratificazione. Ma appena il mio progetto e la mia ricerca artistica, politica ed esistenziale sembravano funzionare, quando le cose si muovevano, io di Dan mi dimenticavo.

Del fatto di essere un *war junkie*, Dan non faceva mistero. Lo sapeva che ci era rimasto sotto con l'adrenalina, i ribelli, il rischio di agguati, le sensazioni di quando la gente si spara addosso. Era un casino quando tornava a New York. Litigava con la tipa, costanti alti e bassi, continuava a prolungare la fine del suo documentario all'infinito, ci stava ormai dietro da anni. Certo era un documentario difficile, sul coltan, le milizie armate e mille business; seguire i protagonisti congolesi, creare un buon intreccio, un arco narrativo soddisfacente, non era facile, ma sono sicura che ci fosse una componente psicologica. Non voleva finirlo davvero quel progetto, voleva una scusa valida per tornare in Congo, mi sa che solo nel Kivu si sentiva davvero vivo.

Non è una sensazione che mi è estranea. La capisco. Il documentario era il suo peggior nemico, e l'unico amico che avesse.

Dan faceva girare l'economia a Goma: grandi spese e investimenti che riguardavano principalmente il suo film, ma anche shooting per la Cnn e altri. Spesso – anche attraverso Horeb – otteneva ottimi contatti. Tra i *muzungu* era pure uno difficile da fregare.

Sette

Ho avuto più spesso la sensazione che «il tempo è denaro» in Congo che quando abitavo a Londra. Perché mai vivere a Goma con tutto il *discomfort* di una zona di conflitto se non hai un obiettivo specifico – soldi, una storia da raccontare, necessità di adrenalina da cui sei dipendente – oppure perché sei convinto che stai veramente salvando il mondo? Per il resto è un deserto relazionale. A parte Chrispin.

Chrispin ha pochi anni più di me, è padre di cinque figli, gestisce un orfanotrofio a Bukavu, ed è un bravo giornalista. Ragiona con la propria testa, sempre pacato, non prende mai decisioni affrettate, ma sa quando è il momento di agire in caso di rischi. Non alza la voce, il suo tono è sempre gentile, e la maggior parte delle volte quando incrocio il suo sguardo mi sorride. Divide sempre il cibo. Sa di fare parte di qualcosa di più grande.

Siamo stati insieme sul campo varie volte, soprattutto quando mettevamo insieme un gruppo di giornalisti per uscire da Goma e andare a seguire qualche evento. Ci dividevamo le spese per l'autista, la jeep, il carburante e il *fixer*.

Chrispin era già venuto in Europa, in Belgio e anche in Italia, per collaborazioni con diverse ong. Era molto in gamba e se n'erano accorti in parecchi. Lo chiamavano per lavori di ogni tipo. E lui, sempre umile. Era affascinato dall'Italia e una volta lo invitai a pranzo. Feci una specie di sugo con quello che avevo, e una pasta, con il formaggio grattugiato del Kivu. Lui era eccitatissimo; per me era una cosa abbastanza normale chiamare a pranzo una persona con cui volevo scambiare due chiacchiere.

Cominciammo a conoscerci e scoprii che era fissato segretamente con la fotografia ma non aveva mai studiato né aveva una macchina reflex. Allora presi la mia e dopo il caffè cominciai a fargli vedere un paio di cose. Il mio francese tecnico faceva schifo ma Chrispin era molto sveglio. Vidi quanto era preso bene, e quando sei preso bene lo ritrasmetti. Si aggirava sul terrazzo con lo sguardo molto concentrato e faceva delle prove. Io andai in camera, aprii lo zaino e presi la mia seconda macchina, quella di riserva. Gliela consegnai, non ci credeva. «Sì, usala, fai un po' di prove stasera, quando sei a casa, poi domani me la ridai e mi fai vedere le foto.»

Nell'arco di pochi giorni acquisì tutte le nozioni fotografiche base. La cosa che mi esaltava è che avesse un forte senso visivo; cominciammo presto a lavorare sul concetto di narrazione, sugli elementi da cercare in ogni foto, sul ritmo, sugli equilibri.

Lui tornava con la scheda piena, scaricavamo le foto e le guardavamo insieme. Erano spesso mosse perché le faceva di notte. Vibravano: aveva talento. Gli lasciai ancora la mia macchina, a me non serviva. E mentre passavamo tutto questo tempo insieme un giorno mi disse: «Senti, ma cos'è questa storia delle combattenti donne? L'esperto della Monusco mi ha detto che c'è una giornalista che sta facendo questa ricerca. Sei tu, vero?».

Scoprii che lui ci credeva parecchio in questa storia che volevo raccontare. Non ci aveva mai lavorato sopra, ma gli sarebbe piaciuto fare delle ricerche. Gratis.

Non mi sembrava possibile, volevo piangere. Non avevo mai proposto a Chrispin di farmi da *fixer* perché non avevo i soldi per pagarlo centocinquanta dollari al giorno. Se fossi riuscita a fare le foto necessarie per creare il reportage, se fossi riuscita a venderlo, «Spiegel» mi avrebbe pagato per l'intero servizio cinquecento euro. Per quattro mesi di lavoro.

Chrispin ci lavorava quando aveva tempo. Aveva sentito che c'erano delle donne che combattevano, ma non ne sapeva molto. Io avevo già lavorato con l'M23, avevo incontrato e intervistato donne adulte, laureate o diplomate, spesso molto motivate anche politicamente.

Le ragazze del gruppo ribelle Mai Mai Shetani erano poco più che adolescenti e sapevo che erano diverse da quelle dell'M23, da Queen 1, ma non molto altro.

I gruppi Mai Mai sono numerosi in Congo e condividono un background mistico-religioso al centro del quale ci sono rituali di invincibilità e invulnerabilità dove l'acqua, potenziata dall'azione magica degli sciamani, gioca un ruolo importante. Rivendicano il diritto d'accesso alle risorse dei territori da loro controllati – coltan, avorio –

e il diritto tribale alla caccia indiscriminata. I Mai Mai *Shetani*, «di Satana» in lingua swahili, hanno fama di irriducibilità, di estrema violenza, e pare proprio che le donne, tra le loro file, non siano poche.

Sono molto meno o per niente acculturati rispetto all'M23, lontani da una visione che noi considereremmo «politica» del conflitto. Ma si tratta, è ovvio, di nostre categorie, di nostre proiezioni.

Ed è nel contatto con realtà come queste che l'impostazione culturale e il retaggio colonialista delle nostre culture di origine rischia di portarci fuori strada.

Otto

L'uomo passa dal sonno alla veglia in poco tempo. Da tanti anni è così. Il suo corpo l'ha imparato fin da adolescente. La moglie e i figli, tutti nella stessa stanza, continuano a dormire. Il sole non si è ancora alzato. Il tempo di pochi respiri e scende dal letto con tutti e due i piedi, roteando la parte inferiore del corpo. Attraversa la stanza scavalcando il letto dei bambini e guarda un calendario della Goodyear. Appunta qualcosa con una matita. Prepara la colazione per tutti – poche fette di pane e latte –, la sistema su un tavolino di formica, si veste, pantaloni aderenti di una vecchia tutta, scarpe da ginnastica, una maglietta verde, ed esce senza mangiare.

Pochi sono già svegli in quell'area vicino al lago, solo qualche pescatore, così lui non deve perder tempo a salutare troppa gente. Fa qualche saltello, allarga le braccia respirando sonoramente e comincia a correre, da subito con un buon ritmo. Ha smesso di combattere da anni, dopo aver ucciso il suo avversario sul ring. Il match per il titolo di campione della Repubblica democratica del Congo. Corre ogni mattina fino allo stadio, cinque chilometri.

I ring congolesi sono il luogo più sicuro del mondo, così la pensa. È a Goma – lungo le sue strade laviche, irte di sassi, paesaggio marziano – che bisogna essere molto in forma. Specie se sei una persona come lui. Una delle rare glorie sportive della città, uomo al centro di molte cose.

Man mano che corre le strade si svegliano, si riempiono di pick-up di tutti i tipi, sono praticamente impraticabili per altri mezzi. Saluta vecchi fan con la mano, salta una latta di nafta sdraiata sulla sua via, svolta un altro angolo, corre lungo la recinzione dello stadio, arriva all'entrata. I bambini sono già lì. Infila le chiavi nella toppa del cancello di lamiera, che va spinto con la spalla se vuoi entrare.

La palestra è buia, semioscurità, il sole filtra dalle assi di legno sistemate sulle finestre. Qualcuno potrebbe entrare, anche se lui è Kibomango, e rubare la scarsissima attrezzatura, vecchi guantoni, le corde, portarsi via i due sacchi logori. Sarebbe un colpo molto duro per la scuola, per i bambini che allena tutte le mattine prima di andare al lavoro. E non è un gioco. Li allena per davvero. Corda. Figure. Vuoto. Sacco. Sparring. Addominali. Flessioni.

I bambini sono ex bambini soldato. Anche lui, l'allenatore, è un ex bambino soldato.

Mentre cerco di capire come arrivare alle ragazze del Mai Mai, e Chrispin cerca indizi che diano una svolta alla mia ricerca, Pete, un giornalista del «Guardian» che lavora a

Goma, mi chiama e mi segnala una news dagli *slums* vicino al lago Kivu. C'è una rivolta in corso, la gente tira pietre contro polizia locale, esercito e Monusco, e spacca tutto quel poco che c'è da rompere. All'inizio non si capisce bene il motivo, poi sembra acclarato che la folla abbia inscenato quella protesta violenta perché gli sbirri vogliono arrestare un campione di boxe locale molto amato.

La notizia mi colpisce. I pugili e i *Thai boxers* mi attirano. Quelle discipline mi affascinano.

Chiedo a Pete come si chiama il campione. Lui mi fa un po' di biografia, in due minuti, al telefono. Kibomango, ex bambino soldato, privo di un occhio, l'ha perso durante i giorni della guerriglia. È stato campione della Repubblica democratica del Congo e, nel match per il titolo, il suo avversario è morto. Ora allena anche bambini, ed ex bambini soldato come lui, in una palestra dentro allo stadio di Goma.

Voglio intervistarlo e fotografarlo. Sono spinta da un'esigenza che non ha a che fare con la necessità di vendere una notizia o un servizio. Sto riflettendo sul mio rapporto col maschile. Kibomango potrebbe illuminare degli angoli, suggerire delle prospettive. Sento addirittura che il mio corpo avrebbe voglia di allenarsi... Penso alle ore spese nella palestra popolare a Bologna, a sudare facendo la corda e la preparazione atletica, a cercare di coordinare il corpo perché esprima traiettorie efficaci, ore su una sola combinazione. Chissà se Kibomango accetterebbe un'allieva *muzungu*.

Dico a Pete che voglio incontrarlo. Pochi giorni dopo mi richiama. «Ce l'ho» mi dice.

Hotel Caritas, il più economico in città, quaranta dollari a notte. Camere modeste ma un bel giardino di fronte al lago. Kibomango arriva puntuale, jeans stretti un po' a campana, camicia aderente un po' sbottonata sul petto, occhiali neri di plastica e scarpe in pelle di un'altra epoca. Ci sediamo a un tavolo nel giardino, ordiniamo da bere, rosse bevande gasate che sanno di caramella.

L'uomo ha un timbro mite, deciso, attorno a lui vibra l'aria, è un carismatico e lo avverto subito.

«Mi hanno svegliato gli sbirri buttando giù la porta alle quattro e mezzo del mattino. Non mi hanno lasciato nemmeno il tempo di chiedere niente che erano in cinque su di me. Francine urlava, è all'ottavo mese di gravidanza. Niente, mi hanno preso e portato in prigione.»

La polizia aveva creduto di risolvere così una diatriba con una gang, ma aveva sbagliato tutto. Kibomango era uno dei simboli del quartiere e toccarlo aveva provocato un bel po' di casini.

In più Kibu non c'entrava nulla con le gang. Era l'allenatore di boxe del Club de l'Amitié, una piccola palestra di Goma dove confluivano principalmente ex bambini soldato, quelli che riuscivano a fuggire dalla guerra endemica che segna quella regione. Di solito orfani, oppure già padri e madri, in fuga dalla guerra, spesso con una taglia sulla testa: dai gruppi armati è proibito scappare.

Kibomango era molto amato, era forse l'unica gloria sportiva locale e perciò aveva una tifoseria e un sostegno solidi.

Faceva altri due lavori che gli portavano qualche soldo: il meccanico di strada e la *security guard*, alla mattina, per una compagnia di viaggi. Il suo compito era quello di mantenere l'ordine pubblico, dato che gli sbirri di solito se ne stavano a godersi la scena dormicchiando.

La compagnia di viaggi per cui lavorava era particolarmente aggressiva: si accaparrava i clienti per strada con la forza, e questo non è giusto, nemmeno a Goma. La società in competizione con quella di Kibomango non prende bene la cosa e mandano qualcuno di notte a spaccargli il portone di casa, una baracca tutta di lamiera e materiale di recupero. Baracca o no, è casa sua e questi gli sfasciano l'ingresso. Kibomango, soprattutto i suoi *aficionados*, non la prendono bene. E così comincia la storia della guerra tra bande, che poi diventano tumulti contro la polizia. Alla notizia del suo arresto la rivolta s'è accesa ancora di più e così eccoci qui a intervistarlo.

Kibomango, una persona centrale nella vita di strada di Goma. Conoscerlo, decido, è una benedizione. Quest'uomo è così amato per ciò che ha fatto e ciò che fa, il suo potere deriva solo dal lavoro che è stato capace di compiere su se stesso e da quello che svolge per la comunità.

Senza giri di parole gli domando se è possibile visitare il Club de l'Amitié. Gli chiedo se posso eventualmente allenarmi, oltre che fotografare. Risponde con un invito immediato: «Potete venire quando volete. I ragazzi, quelli motivati, sono una decina. Ogni tanto ci sono anche delle ragazze. Qualcuno di loro ha talento. Ci vediamo allo Stade les Volcans alle otto del mattino, vi aspetto».

Giorni dopo mi presento all'appuntamento. Kibomango arriva di corsa: è allenamento. Nel frattempo i suoi atleti lo stanno aspettando davanti a un cancello di lamiera.

Lo Stade les Volcans è una grande struttura fatiscente. La palestra dove si allenano i giovani pugili di Kibomango è in penombra, la luce filtra da fessure tra le assi di legno che coprono le finestre. L'attrezzatura è scarna, ma l'ambiente è suggestivo, carico dell'energia di chi si allena. Il più piccolo degli atleti avrà nove, dieci anni; poi ci sono quelli via via più grandi.

Scatto molte fotografie, l'allenamento è serio. Corda, figure, sacco. La preparazione atletica è fatta di esercizi semplici, intensi. I ragazzi si impegnano. Sanno che sono nell'obiettivo di una macchina fotografica, ma ho l'impressione che si allenino sempre con la stessa dedizione. Kibomango è il punto di riferimento. Il rispetto di cui gode è palpabile.

Non c'è una tenuta specifica per l'allenamento. I vestiti, calzoncini corti e magliette bucherellate, sono gli stessi della vita di tutti i giorni, quella che sto vedendo e vivendo anch'io. Il quotidiano di chi si allena, di chi intraprende una disciplina per scelta e per necessità, in tutti gli angoli del mondo, dal Messico al Congo, dalle Filippine alla Thailandia, alle più o meno infernali periferie di tutto il pianeta. Ex bambini soldato in una delle aree più problematiche e violente dell'Africa.

Kibomango mi lancia un'occhiata e mi dice se voglio provare. Gli ho detto che pratico la muay thai, è incuriosito. Gli faccio vedere qualche movimento, annuisce e poi mi invita a adottare la loro guardia. È diversa da quella che mi hanno insegnato: il modo di muoversi sulle gambe, le angolazioni, il modo di tenere le braccia così vicine al tronco. Non è un vero allenamento, piuttosto un'introduzione. Kibomango guarda con il suo solo occhio e passa da me ai suoi atleti, lancia qualche consiglio, annuisce, dimostra quello che si aspetta che facciamo. Sudo, felice.

Ho qualche aspettativa sulle foto che ho scattato, alcune sembrano buone. Un gruppo di atleti che salta in alto durante il riscaldamento, le gambe divaricate, i palmi che toccano il dorso dei piedi. Un'altra foto di gruppo, con tutti sul ring, un'espressione fiera, un maschile che, espresso lì, non mi dispiace.

L'allenamento finisce dopo circa un'ora e mezza. Kibomango deve andare a lavorare, il terzo dei lavori che fa per mandare avanti la famiglia. So che è meccanico. Ha una borsa di attrezzi e lavora su una strada dove riparano le macchine giapponesi, all'aperto.

Kibomango porta fuori i ragazzi, in una specie di bar, un posto di ristoro. La colazione dei campioni è qualche fetta di pane e un bicchiere di latte. Il maestro paga per tutti. Ci salutiamo.

Sono toccata. Che magnifico esempio di resistenza umana e di disciplina che è questo sport, specie a questo livello, sulla strada, in Africa, a Goma, capitale del Kivu.

LETTERA AI GENITORI

Goma, 4 marzo 2013

Hey ciao... Certo, possiamo sentirci stasera o anche domani sera. Mercoledì dovrei essere in viaggio. Farò probabilmente Goma-Entebbe-Bunia con voli Onu. Il giornalista è partito prima perché ha cominciato a fare delle interviste, io avevo ancora da fare oggi e domani e quindi lo raggiungo dopo.

Praticamente ho conosciuto Pete Jones, un ragazzo che lavora per il «Guardian» a Kampala, quando ho incontrato Kristine per la prima volta. Poi ci siamo reincontrati qua a Goma. Lui ha vinto un *Pulitzer grant* attraverso una proposta di reportage in una zona poco coperta, che è appunto la zona attorno a Mombasa, Upolu, Bunia, nel territorio dell'Ituri. Diciamo che la storia è la stessa (tanto per essere cinici) della gran parte del Congo, cioè gruppi ribelli, alleanze, sfruttamento del territorio, violenze varie. Però la componente in più è che siamo dentro una riserva naturale enorme dichiarata protetta dalla comunità internazionale e quindi ci sono sia specie rarissime in via d'estinzione sia commercio illegale d'avorio da parte di bracconieri locali per il commercio internazionale. Insomma, c'è un bell'impasto di storie.

Pete, attraverso il *grant*, è in grado di coprirmi le spese, quindi non spenderò praticamente nulla. Mi ha proposto la cosa perché potenzialmente potrebbe venirne fuori una storia oltre che scritta anche fotografica, e il «Guardian» a quel punto la comprerebbe (anche se il «Guardian» paga pochissimo... amen).

L'esperienza dal punto di vista professionale è super *challenging*. Appena mi ha fatto la proposta, ho subito accettato. Quando mi ricapita di andare a seguire un reportage del genere, spese coperte, con un giornalista del «Guardian» che ha già in parte studiato la storia e che mi propone di accompagnarlo, con anche la possibilità che venga fuori qualcosa di interessante da fotografare? In ogni caso, anche se non dovesse venirne fuori proprio niente, è un'esperienza di giornalismo di altissimo livello, ho solo da imparare, senza spendere un soldo, poi.

Altra buonissima coincidenza è che lui ha già lavorato là, ha già molti contatti, in più ci sarà una sezione dell'intelligence della Monusco che ha fatto ricerche nella regione e sono in loco e preparatissimi, e quindi probabilmente ci aiuteranno.

Non sarò nel black-out totale, in linea di massima dovrei essere raggiungibile al cell (ne ho due, guardate in fondo alla mail entrambi i numeri), salvo alcuni casi, che non posso prevedere adesso, nei quali semplicemente non prende la linea...

Questo è quello che so per ora. Partenza il 6, ritorno previsto a Goma il 15/16 marzo. Per il resto, ho finito i giorni di shooting per Oxfam, tutto bene, ora c'è il resto, ho un altro giorno pagato di postproduzione... In realtà sto seguendo mille altre cose anche perché la deadline di queste foto è verso la fine di marzo. Ora gestisco una probabile pubblicazione riguardo Fanette (la combattente dell'M23) sul giornale «Taz» in Germania. Sarà probabilmente la nostra prima pubblicazione!!! Articolo di Kristine, un ritratto mio, nell'ambito di un reportage per l'8 marzo, con varie donne speciali da tutto il mondo.

Quindi oggi sto cercando disperatamente in tutti i posti di Goma più affidabili una connessione decente per uploadare tre foto ad alta risoluzione... aiuto!! un incubo.

In allegato vedete il *pitch* che abbiamo preparato per i fotoeditor. Praticamente è una proposta ai *magazine*, della serie: questo è il progetto, l'idea è strafica, dateci i soldi per continuarlo. Ho mandato centinaia di mail la settimana scorsa e ho avuto immediatamente risposte positive. Questo non vuol dire che ho fatto gol e che è tutto in discesa, anzi. Però niente male mandare una mail e avere risposta dopo un'ora dal «Sunday Times» in Uk, «Marie Claire» in Francia, «Io Donna» in Italia, «Internazionale», il «Guardian». Sono tutti a occhi spalancati. Mo' vediamo se qualcuno scuce... Non credo, onestamente, perché è una cosa piuttosto rara ormai ricevere un *assignment* prima che il lavoro sia a buon punto. *Anyway* il dato strapositivo è che c'è MOLTO interesse sul tema.

Insomma, sembra che anche marzo sarà bello stipato di cose. Tornerò a metà mese a Goma se va tutto bene... Cosa saranno mai quindici miseri giorni per portare avanti il progetto delle donne combattenti...?!

Più vado avanti più capisco che è un progetto lunghissimo perché serve un sacco di tempo per costruire contatti, fiducia, accesso. E comunque bisogna sempre mettere in conto l'imprevisto. Ad esempio ora, anche se volessi, non potrei tornare da Fanette perché è in corso una divisione e una guerra (vera) tra due fazioni che si sono divise in seno all'M23.

Si apre la possibilità di stare pure aprile qua... ecco l'ho detto :))

Comunque sto bene, e sto lavorando, e con questi due shooting mi entreranno duemila euro puliti. Cosa diamine avrei fatto in Italia nel frattempo?! Capite cosa voglio dire?

Va be', per ora sono pensieri in libertà :)

Vi stringo forte, chiamatemi quando volete.

F.

LETTERA COLLETTIVA

Bunia, Provincia Orientale, Drc, 12 marzo 2013

Car*, perdonate la mail collettiva ma purtroppo è l'unico modo per me di mandare un po' di notizie congolesi, siccome non ho un grande accesso a internet...

Dunque. Troppe cose! Mi sembra di essere partita da tantissimo tempo. Sono arrivata a Kampala all'inizio di febbraio e ho subito cambiato i miei piani. Ho incontrato la giornalista tedesca che era il mio contatto per seguire la storia sulle donne combattenti nei gruppi ribelli nell'Est del Congo, lei ha cambiato i suoi programmi, e io con lei... Quindi invece di rimanere in Uganda un mese ci sono rimasta una settimana, nella quale ho organizzato tutte le scartoffie (accrediti stampa da Kinshasa), i voli Onu per raggiungere subito il Congo. È stata una scelta non semplice perché la mia testa non era pronta ad andare immediatamente in Kivu (Est Congo) e a Goma, sia per il mio scarsissimo francese sia perché Goma è una città complessa, difficile da vari punti di vista.

Goma è la capitale del Nord Kivu, è la città che è stata presa dai ribelli del gruppo M23 a novembre 2012; durante quelle settimane quasi tutti i detenuti delle carceri sono stati liberati e quindi adesso centinaia di criminali circolano per strada.

Goma è il centro del business di centinaia di ong, oltre che della missione decennale delle Nazioni unite (Monusco, una missione contestatissima, migliaia di peacekeeper pagatissimi che non fanno nulla per aiutare la popolazione, quindi abbastanza odiati dai locali), insomma ci sono un sacco di *muzungu* (bianchi) e girano parecchi soldi.

Tutti i *muzungu* che lavorano per le ong o i vari apparati delle Nazioni unite hanno il coprifuoco (ognuno ha le sue regole) ma conducono vite al limite dell'immaginabile. Si spostano con le loro jeep per fare anche solo casa-ufficio, non possono prendere i mototaxi, non possono fare alcune strade, lavorano con i colleghi con cui di solito abitano pure. Finito l'orario di ufficio, probabilmente tornano a casa nell'arco di breve. Per ogni spostamento comunicano alla sede centrale attraverso le loro radioline stile playmobil. Hanno nomi segreti, in codice, per esempio «*Operator #001 from base 002 to base alpha!*», tutto ciò perché, nel caso in cui le loro comunicazioni radio venissero intercettate dai ribelli, le informazioni rimangano criptate.

Molti vengono controllati nei loro spostamenti, ci sono aree della città che non possono raggiungere in certi orari, si frequentano praticamente solo tra di loro, in posti da *muzungu*, le interazioni coi locali si limitano ai congolesi con cui lavorano, camerieri o prostitute locali.

Mi sono catapultata a Goma. Ho iniziato immediatamente a lavorare sul progetto delle donne combattenti, ci è voluto parecchio per riuscire a trovare Fanette, un alto colonnello dell'M23, e per riuscire ad avere un'ora e mezza del suo tempo. Siamo andate sino a Rumangabo, varie ore di macchina a nord di Goma, dove c'è la loro base militare. Abbiamo atteso tre giorni là prima di riuscire a incontrarla. L'intervista è stata fantastica, da piangere.

Fanette ha una laurea in Scienze politiche ed è entrata nel gruppo ribelle con motivazioni molto ideologiche. Ora ha una posizione di alto livello, gode di una grande considerazione, lavora quotidianamente perché la condizione della donna congolese possa cambiare. Ho avuto pochissimo tempo per fotografarla, ma sono riuscita ad avere un paio di ritratti significativi. Ora stiamo cercando un finanziamento (nel mercato editoriale è difficilissimo) per continuare il progetto, siccome è molto costoso (ogni giorno di shooting bisogna pagare un autista/meccanico, la macchina, la benzina, l'hotel per tutti, da mangiare per tutti... Significa varie centinaia di dollari al giorno!).

Dall'esperienza con Kristine (la giornalista) ho imparato un sacco di cose: è da cinque anni che è qua e ha una rete di contatti eccezionale. Parallelamente a questa storia ho cominciato a esplorare il mondo delle ong. Nel senso che mi chiedevo da qualche tempo a questa parte come fare per poter lavorare con loro e quindi mi sono buttata. Ho cominciato a cercare tutti i contatti, a chiamarli, a fare meeting di lavoro e alla fine sono riuscita in fretta ad avere due lavori per due delle più grandi. Non so se ho avuto culo, ma comunque è stato gratificante. Ho quindi fatto qualche giorno di shooting per Save the Children Uk e Oxfam International. Quindi ok, a parte il fatto che fossero delle marchette (tendenzialmente hanno un linguaggio troppo retorico per i miei gusti), diciamo che forse sono le marchette più fattibili per il mio carattere di merda. Ho imparato un sacco di cose, ho viaggiato, visto vari Idp (i campi dove è rifugiata la popolazione in fuga dai propri villaggi; va avanti da decenni), ho fatto varie interviste a ragazzine stuprate, rinnegate dalla famiglia, varie altre storie simpatiche come queste.

Diciamo che dopo pochissimo ho capito che quelle due fantomatiche settimane sarebbero diventate di più, ma non immaginavo tre mesi. Sì, ho appena deciso che rimango anche tutto marzo e pospongo l'aereo di ritorno in Italia. Avrei dovuto prenderlo il 30 marzo, in breve lo posticiperò. Ad aprile o maggio?

Diciamo che comunque come quotidianità non è facile, nel senso che per questioni di sicurezza giro coi i mototaxi solo di giorno, e quindi il mio coprifuoco è alle 6 pm. Quando ho qualche amico che mi può dare un passaggio in macchina allora non c'è problema, mi sposto a qualsiasi ora, ma con le moto è davvero pericoloso (soprattutto perché a Goma non esistono strade, nel senso: non è che le strade non ci sono, ma sono rocciose, un tappeto di sassi e massi, più facile scalare che guidare un mezzo).

A volte a casa non c'è elettricità, ovviamente niente internet, a volte niente acqua, niente segnale telefonico, scollegamento totale. La maggior parte delle volte sono uscita in compagnia del giro congolese che mi sono fatta o insieme ad altri colleghi fotografi e giornalisti, ma non nascondo che sono trascorse anche lunghe serate di solitudine a lume di candela... che fanno molto bene per prendere una pausa, leggere un articolo finché il computer rimane acceso, o pensare a chi è lontano.

Alla fine di febbraio ho avuto una proposta da un giornalista del «Guardian», un ragazzo della mia età molto in gamba che ha vinto un *Pulitzer grant* per un reportage. Mi ha proposto di seguirlo nella Provincia Orientale per lavorare nella foresta pluviale dell'Ituri. Totalmente spesata dal premio vinto.

Praticamente, a un giorno di macchina da Bunia, inizia un'enorme foresta (grande biodiversità, specie in via d'estinzione, mercato illegale di zanne d'elefante, carne di okapi, miniere illegali di oro e coltan), dichiarata zona protetta dalla comunità internazionale. In tutto ciò si inserisce una dinamica tragicamente comune: la presenza di una milizia estremamente cruenta, Mai Mai Morgan, nata nel 2012. Oltre che rivendicare la legittimità dello sfruttamento della terra da parte delle popolazioni locali, si è macchiata di azioni terrificanti, violenze sulla popolazione locale, assalti alla guardia forestale, stupri di massa, atti di cannibalismo, bracconaggio di elefanti e okapi, sfruttamento delle miniere con condizioni inumane per chi ci lavora. Quando Pete (il giornalista) mi ha fatto la proposta di partire assieme a lui per dieci giorni, ci ho messo tre secondi per accettare.

E quindi eccomi qua; ho preso un aereo con le Nazioni unite e sono volata a Bunia, al Nord. Ho dovuto interrompere la ricerca che sto conducendo con Chrispin, ottimo *fixer* (giornalista locale che fa ricerche sul campo), sulle ragazze che combatterebbero per un gruppo che si chiama Mai Mai Shetani. La ricerca proseguirà, ne sono certa, ma sentivo che dovevo prendere questa opportunità al volo.

Sono poi partita con Pete, l'autista e un *fixer* rivelatosi poi completamente incompetente, pigro, inutile e dannoso... Tanto per essere chiari, i *fixer*, a seconda di dove siamo, vengono pagati un botto. Qui, ad esempio, ricevono cento dollari al giorno+*accomodation*+*food*. Diciamo pure che guadagnano molto più di noi giornalisti e fotografi freelance. Questo *fixer* pensava tutto il giorno al cibo e a far festa, inutile per le nostre interviste, ben poco coraggio, spesso pure dannoso nei rapporti coi locali. Quindi il lavoro l'abbiamo fatto in non più di due giorni dandoci sotto come matti. Ho rimpianto seriamente Chrispin.

Abbiamo incontrato l'Iccn (la guardia forestale, provano a pattugliare la foresta con pochissimi mezzi), la popolazione locale, comunità di pigmei, schiave sessuali rapite dal Mai Mai Morgan. Ho anche fatto un giro di pattugliamento insieme all'Iccn in cerca appunto di bracconieri di elefanti e okapi. Esperienza bellissima, da sola in mezzo alla foresta accompagnata da quindici soldati armati fino ai denti. Hanno trovato la prova del commercio illegale d'avorio e ho la foto che serve (il cranio di un elefante con le zanne rimosse). Tra pochi giorni finiremo la storia (ci mancano ancora alcune interviste-ritratti) di prigionieri ex combattenti che incontreremo domani nella prigione di Bunia.

In brevissimo: il pezzo sarà online, all'inizio accessibile privatamente con una password, se siete interessati ve la mando! Pete scriverà il pezzo per il «Guardian», proporremo anche le foto, vediamo che succede.

Diciamo che sono arrivata in Congo con un'idea di progetto e basta, pure un po' indefinito ma tutto è divenuto più complesso, più ramificato, non è fattibile portare avanti solo il progetto delle donne combattenti, per moltissimi motivi: tempi, collaborazioni, impegni di Kristine, soldi, contingenze varie. Esempio: adesso è in corso una guerra tra due fazioni dell'M23 e quindi io non ho più accesso.

Insomma, tornerò a Goma la prossima settimana sempre volando con l'Onu, a quel punto mancherebbero solo due settimane alla partenza per l'Italia, che sarebbe fissata per il 30 marzo: troppo presto. Ho ancora molte cose da fare e, siccome mi entreranno un po' di soldi grazie alle marchette ong, ho deciso che rimarrò anche aprile. Non so, è ancora piuttosto un casino col francese, nel senso che lo sto riprendendo pian piano, però per diversi aspetti il Congo e Goma hanno tante caratteristiche che mi tengono qua, e al momento non è che tornando in Italia a livello lavorativo avrei chissà che cosa da fare.

E poi c'è la questione Mai Mai Shetani. Io e Chrispin sappiamo che è troppo importante per lasciarla perdere. Continuiamo a raccogliere informazioni. Non vorrei andarmene senza aver parlato con quelle donne. Sento di essere qui per questo.

Questo è quanto, ragazzi.

Lo so, ci ho messo un mese e mezzo per mandare un po' di news: ora ditemi qualcosa di voi!

Vi allego il pdf che stiamo inviando in giro per trovare finanziamenti e continuare il progetto sulle donne combattenti. Per il resto mantengo Fb sempre aggiornato, e ogni tanto viene aggiornato anche il sito, però raramente. Solo quando una storia è pronta.

F.

LETTERA DI RISPOSTA DELLA MADRE

13 marzo 2013

Cara F.,

vorrei riuscire a scriverti con calma alcune riflessioni che mi affollano mente e cuore da ieri, dopo aver letto la tua mail e averti parlato... Non so se riuscirò, vorrei però provare a esprimere quello che sento per confrontarmi con te e magari cogliere meglio col tuo aiuto il senso delle scelte, lo spirito che ti anima, la direzione a cui stai mirando...

Quello che mi disorienta è la sensazione che tu stia «nominando» esperienze di enorme sofferenza e tragedia con uno stile che non so interpretare, che faccio fatica a riconoscere, che non mi appartiene («Ho fatto varie interviste a ragazzine stuprate e rinnegate dalla famiglia e VARIE ALTRE STORIE SIMPATICHE come queste»).

Oppure narri di situazioni che io racconterei con cautela, in punta di piedi e che tu restituisci quasi con noncuranza («Questo rende particolarmente difficile una QUALSIASI FUGA IN MOTO IN CASO DI ASSALTO.» Che vuol dire? Che gli assalti sono quotidiani, ma tu ci stai vivendo dentro! E chi ti legge lo sa).

E come si fa a metterci tre secondi a decidere di andare in una situazione in cui vengono compiute azioni terrificanti? Mi aspetterei desiderio di andare, sì, ma con tormento e travaglio... No, io non sono stata tra quelli che hanno immaginato che tu ci avresti messo tre secondi ad accettare.

Per te È STATA UN'ESPERIENZA BELLISSIMA stare in foresta con quindici soldati ARMATI FINO AI DENTI. Per me sarebbe stata allarmante, inquietante, disorientante...

C'è un punto in cui dici di avere incontrato le schiave sessuali rapite dai Mai Mai Morgan... Poi non racconti che incontro è stato. Questa immagino sarebbe una narrazione difficilissima da restituire.

Insomma, se si incontra un uomo appartenente a un gruppo SANGUINARIO in prigione, se ci si rivolge a bambine stuprate, se si rischia la vita a uscire la sera, la cifra di lettura razionale, emotiva, esistenziale con cui io percepirei quel che mi circonda si definirebbe nel PERTURBANTE. Perturbante è ciò che ci sfugge, ciò che anche ci spaventa, ciò che ci fa salire un groppo in gola. Se ci stessi dentro, spinta come te da un'indomabile, bellissima passione, ci starei con senso di frustrazione, contraddittorietà, angoscia, irrequietezza. E poi andrei avanti. Ma col silenzio del dolore.

Forse questo è anche il tuo sentire e usi altri linguaggi per coprire, esorcizzare...? Non so, nel caso credo che non sia un errore esprimere ciò che turba profondamente. È lecito. È giusto. Perché vergognarsene? E comunque, se così fosse, avrei bisogno di saperlo.

Ti confesso che il mio disorientamento viene anche da una domanda che come genitore non posso non pormi.

«Cosa le ho passato?»

Ho sempre pensato che, tradotto poi nella tua meravigliosa unicità, tu avessi assorbito molto della nostra lettura del mondo. Ora mi sento un po' mancare la terra sotto i piedi. A volte non ti riconosco. Soprattutto non riconosco la sensibilità, i modi.

So che non sei d'accordo, ma io continuo a pensare e sentire che contenuti e modalità devono parlare la stessa lingua.

Perdonami se ti ho scritto queste righe. Ma credo sia bene essere trasparenti. È difficile parlarsi con queste distanze, ma vorrei provarci. Non posso lasciare dei sospesi con mia figlia. A costo anche di scontrarci, o di fare fatica a capirci. Solo aprendo i giochi io riesco poi ad arrivare a una sintesi, o almeno a iniziare un cammino di comprensione.

C'è poi un altro aspetto che mi turba, ma questo sono convinta sia un problema che devo affrontare io.

L'ho capito. Il futuro ci separerà sempre di più.

Credimi, non è scontato per un genitore innamorato di sua figlia digerire questa verità. Ma credo che se questo è il prezzo da pagare per la sua felicità, la sua realizzazione, ha un senso profondo elaborare questa verità dolorosa ogni giorno, un po' alla volta, inesorabilmente. Io ci sto provando. E mi aiuta nel farlo ricordare le tue parole, «Io posso volare perché lì da voi ho le mie radici», la cosa più bella che tu ci abbia mai detto.

Ti prego, cerca di leggere quel che ti ho scritto come l'espressione del bisogno inesauribile che ho di comunicare con te, di «sentirti», di seguirti. Di capirti.

Ti bacio con tanta nostalgia.

Come sempre, se tu sei felice lo sono anch'io. Ti ho visto così bella, così carica, così contenta di essere dove sei e di fare quel che stai facendo...

Ma, *sem perder a ternura, jamás.*

E, sempre, avendo cura di te.

Mamma

Nove

Ero alla vigilia di dare un senso a tutto quel che avevo vissuto. Ripensavo alla lettera di mia madre, riflettevo, le dovevo il primo momento di vera introspezione di quel viaggio. Mi interrogavo sulle mie motivazioni. Rivedevo la concatenazione di cause e circostanze che mi aveva portato fin lì. Rivedevo me stessa bambina, a sognare gli stivali bianchi di Xuxa, e mi chiedevo che cosa avesse preso il loro posto nella mia economia esistenziale. Mi interrogavo sul senso delle emozioni che avevo provato a Ribeira, a Tripoli con Alfre e Rami, vedevo Ja nella sua maglietta «*I'm your man's bitch*», mentre cavava sabbia e mi raccontava i suoi desideri, i suoi progetti. Mi ero legata a lei, e ora il legame più simile a un'amicizia era Dada, una prostituta che avevo conosciuto al Coco Jambo e con cui condividevo la vita notturna di Goma, una donna diversissima.

Perché provavo un'empatia così forte, un sentimento così profondo per entrambe? Mi dissi che era la capacità di andare a testa alta dentro vite che altri avrebbero considerato un inferno. Ma erano vite vere. Risuonavano con la mia, c'erano odori, ricordi, timbri di voce, espressioni care, gesti di sorellanza. Dava le vertigini pensare che l'inferno che avvertiamo nella povertà, nell'emarginazione, nella violenza di tre quarti del mondo dipenda in essenza dal nostro modo di vivere, che è una continuazione diretta del colonialismo. Un modo di vivere che prosegue per inerzia, stolido, gettando risorse, bruciando culture, un modo di vivere che è il mio, mentre scrivo, e il vostro mentre leggete.

Misi da parte l'avventura e la sete di esperienze adrenaliniche. Non nel senso che il mio corpo non le cercasse, non le desiderasse più. Ma ero vicina al cuore di tutto, vicina alle adolescenti guerrigliere. Pensai alle donne ninja iraniane. La mia mente tornò a un *mindset* marziale, focalizzato. Il mio istruttore di muay thai sarebbe stato fiero di me.

E le parole di mia madre lavoravano. Comprendevo che il cinismo è una via facile, scontata. Mi analizzavo, per quanto potevo e con i mezzi che avevo. Non mi sentivo davvero cinica. Comprendevo che potevo apparire tale, ma sentivo che il mio era entusiasmo, passione. Riguardandomi, vedo l'ingenuità e l'urgenza del mio approccio, il tutto espresso con le parole che potevo adoperare allora. Erano solo lettere, non c'era un piano d'analisi, mi dicevo, ma la risposta di mia madre mi toccava. Sentivo il peso del suo giudizio.

La mole di lavoro che Chrispin aveva svolto mi impressionava. La sua conoscenza del campo e delle dinamiche del Kivu era la cosa più preziosa che mi potesse capitare, una benedizione inaspettata. Contatti, nomi, probabilità di incontrare i combattenti area per area: aveva pensato a tutto. Attraverso una rete di contatti locali eravamo finalmente in relazione con alcuni esponenti importanti di quel gruppo. Avevamo una specie di appuntamento in un'area a nord di Goma, presso una missione in una zona di savana alberata.

Loro avevano capito molto bene cosa cercavamo. I gruppi Mai Mai non sono molto attenti ad avere buoni rapporti con la stampa, ma Chrispin doveva aver toccato le corde giuste. Forse anche a loro incominciava a pesare il fatto di essere descritti semplicemente come dei sanguinari. Forse avevano delle ragioni e volevano esprimerle.

Se non fosse stato per Chrispin, non sarei mai riuscita a documentare quella vicenda e quella delle donne di Mai Mai Shetani.

Partimmo prestissimo. Avevo comprato tutto, due casse di bottiglie d'acqua, biscotti secchi, medicinali, avevo preparato l'attrezzatura, diligente, compresi il giubbotto antiproiettile e il casco. Ormai li vedevo come oggetti feticcio: non erano mai serviti.

Katorze arrivò a prendermi puntuale, jeep verde petrolio lucida, Chrispin era già con lui. Scendo le scale con l'attrezzatura, Chrispin mi aiuta. Saluto i due ragazzi congolesi che facevano la security per pagarsi la retta all'università, Sociologia.

Salgo, calma. Abbiamo qualche litro di benzina di scorta oltre al pieno. Ci allontaniamo da Goma, oltrepassiamo il checkpoint di uscita della Monusco: gente che trasporta merci sui *chukudu*, veicoli di legno a due ruote che vanno a spinta, donne che vendono per strada frutta, magliette usate, bacinelle di plastica. Passiamo di fianco a uno dei grandi campi per rifugiati, una città di tendoni bianchi marchiati Unhcr, una sfilza di sigle: Un, Fao, Msf Save the Children, Oxfam...

Dopo qualche chilometro, checkpoint ribelle. Ci conoscono, sanno che lavoriamo con l'M23, è bastato dire che andiamo a Rumangabo, la loro base militare, per delle interviste. Faccio vedere le mie foto del loro leader, Sultani Makenga, loro si aprono in un'esclamazione.

Montagne. Respiravo, stato di grazia, libera. Sapevo che sarebbe stato l'ultimo viaggio fuori dalla città. E lo dirigevo io, responsabilità mia su tutto. Decisioni ultime, tempi, costi, calcolo dei rischi. Mi ero fatta le ossa. Ero stata veloce.

La jeep proseguì, scansando i crateri del terreno. Ogni tanto incontravamo gente che girava a piedi ai lati della strada. Ci seguivano con lo sguardo. Mi perdevo, lontana e felice. E poi, di colpo, ancora un'intensa eccitazione, calma, lucida. Sensazione di essere totalmente presente, di stare facendo l'unica cosa possibile.

Tale e quale l'anno prima a Tripoli, in ambulanza a Bab al Tabbaneh.

Il viaggio da Goma a Nyamilima, al confine con l'Uganda, durò otto ore. Poco più di un centinaio di chilometri. Venimmo fermati varie volte, diversi checkpoint. Entravamo e uscivamo da territori di gruppi ribelli differenti.

Passando, non era facile cogliere le specificità. Era più una questione di *mood*, di umori. Alcuni checkpoint erano rigidi, il clima tesissimo. Altri apparentemente più rilassati. Era banale, fuorviante ritenere più pericolosi gli uni rispetto agli altri.

Chrispin era fenomenale. Le qualità di un antropologo, di un giornalista, in più psicologo e stratega. All'apparenza quasi distratto, non gli sfuggiva nulla.

Aveva presentito che presto saremmo stati fermati. Dopo pochi minuti, eccoli: Chrispin cominciò a studiare i ribelli da lontano, mentre la jeep si avvicinava lentissima. Quando siamo vicini, i ribelli spianano gli AK47. Li avevamo visti poco prima, chi sdraiato con un bastoncino in bocca, chi mentre ascoltava la radio, e sembravano piuttosto annoiati, il che non era un buon segno. Mi sembravano pronti a qualsiasi cosa pur di rompere la monotonia. Forse anche loro erano dipendenti dall'adrenalina, o in preda a chissà quale sostanza. O forse erano solo mie proiezioni. Uno aveva una maglia da basket stracciata, un altro una camicia mimetica e pantaloncini del Milan. Uno, dei jeans al ginocchio, torso nudo attraversato da nastri di pallottole.

Annie Picard, uno dei pesci ornamentali più in vista nell'acquario per bianchi di Goma – scriveva per «Le Figaro» e si sentiva molto fica a fare la corrispondente di guerra, in fondo aveva ventisei anni –, mi aveva degnato di una parola qualche giorno prima, in uno degli alberghi dove si ritrova quella fauna. Mi aveva detto che quando aveva incontrato Mai Mai Shetani l'ultima volta, il leader alla fine dell'intervista l'aveva minacciata agitando un machete. Le aveva raccomandato di scrivere solo quel che le era stato detto, altrimenti sarebbero venuti a cercarla.

La principessina aveva concluso con una risata isterica. «Almeno non sono stata rapita, come gli svedesi qualche anno fa!» aveva trillato. Poi mi aveva squadrato con sufficienza e se n'era andata sui tacchi, tic toc.

L'ostilità era una questione terra terra: mi facevo Dan. E tutto tornava. La solidarietà non era comune tra i giornalisti internazionali, soprattutto tra le donne. Man mano che ne conoscevo, capivo che non c'era sponda, non mi sentivo colpevole di nulla, ma mi stavano boicottando in modo palese.

Erano tutte di un'intelligenza tagliente, mi sembravano tutte molto fragili. Le incontravo di sera, attaccate a un bicchiere, dentro l'acquario per bianchi che era il loro ambiente.

Lezione di vita. L'unica persona vicina era Chrispin, maschio, congolese. Alla fine della permanenza in Congo quell'ostilità sul versante femminile-occidentale era riuscita a far breccia e da qualche parte avevo cominciato a pensare di essere sbagliata. Ero confusa, sapevo di avere forti legami al femminile, assoluta sorellanza, ma in quei mesi, giorno dopo giorno, aumentava il disagio.

Sul versante dei rapporti col maschile, l'esperienza del Congo fu addirittura peggiore. Mentre sul femminile bastò tornare in Europa, rivedere le mie care amiche, e tutte le mie paranoie scoppiarono come una bolla, sul maschile ebbi strascichi per lunghi mesi, o forse anni. E ci sono ancora dentro.

Non potevo credere di essermi innamorata di un *war junkie*. Anaffettivo, individualista, arido, con un'unica priorità nella vita: il suo lavoro. E proprio del suo lavoro io ero innamorata. Avevo cominciato a capire che provavo attrazione principalmente per uomini che facevano lavori simili al mio. Anche prima del Congo potrei enumerare una serie di fascinazioni che non avevano molto a che fare con la persona ma con la passione della persona e l'output creativo. Non mi sentivo fiera di me.

La distanza che separa il territorio dove opera Mai Mai Shetani da Goma è breve, sulla carta, e per il modo di viaggiare a cui siamo abituati. Ma il tempo è lunghissimo, lentissimo, il viaggio è condotto a passo d'uomo su tracciati che non assomigliano in alcun modo a una strada come la concepiamo abitualmente; nello spazio di pochi chilometri il percorso scende e sale, microclimi e vegetazione diversissimi si alternano. È magnifico. Un punto della strada mi ricorda il Chiapas, dove sono stata molti anni fa con i compagni di Ya Basta.

Mi viene in mente il volto di un contadino maya a cui avevo chiesto di posare per un ritratto. Lui era entrato nella capanna, si era messo in ordine i capelli con la brillantina, aveva posato imbracciando una chitarra. Sorrideva.

Checkpoint dopo checkpoint, le solite dinamiche di potere congolesi, mondiali. Bracci di ferro, ognuno cerca di esercitare al massimo grado il potere, anche minimo, di cui è investito.

Esempio: non mi ricordo quale gruppo ribelle fosse, dopo aver passato un checkpoint di adolescenti ubriachi, tre guerriglieri su una moto ci inseguono ballonzolando sulle buche, sparando in aria. Ci fermiamo, raggelati. Questi scendono dalla moto, ci indicano e incominciano a ridere. Chrispin impreca tra sé. Uno scherzo, e io ho il cuore in gola. Ero stata fredda al checkpoint, ma quando avevo sentito gli spari... Non è come essere in prima linea, *embedded*. Non era Syria Street. Il corpo e la mente possono andare nel pallone. Filo del rasoio, la sensazione è quella. Una situazione che può concludersi in qualsiasi modo.

Mi scuoto. Allontano i pensieri tetri. C'è un camion privo di ruote abbandonato sull'unico tratto di carreggiata praticabile. Ai lati della strada tende, ripari di fortuna. Chrispin è abile, riusciamo a passare.

L'appuntamento con Mai Mai Shetani è a Nyamilima. Una missione ancora ben tenuta.

Dormiamo lì, in una specie di celle monastiche senza finestre. Strano, mi dà un senso di protezione, non di chiusura. Dormo tra Katorze e Chrispin, che erano qualcosa tra miei amici e *partners in crime*. O meglio, sto in un dormiveglia lungo ore, attraversato da ricordi e proiezioni.

Fino al giorno dopo, quando arrivano.

Mai Mai Shetani ha portato le ragazze, le guerrigliere. Sono in tuta mimetica, probabilmente indossata per l'occasione.

Il primo incontro con le combattenti avviene in un'aula della missione, con loro dietro una lunga cattedra. Difficile far capire le necessità di tempo e di ambientazione per la ricerca che ho in mente. Chrispin conduce la trattativa con consumata abilità. Non ci serve fotografare qui, vorremmo entrare un po' nella loro vita quotidiana. I capi, tutti maschi, confabulano. Decidono di portarci nella base vera e propria.

Attraversiamo a piedi la savana e dopo un paio d'ore arriviamo.

Burumba: la base operativa, in cima a una collina. Il paesaggio intorno toglie il respiro. Capanne di paglia, piccolissime, ci sta giusto un letto di legno rialzato dal terreno. Non c'è molto altro. Qualche oggetto personale, uno spazzolino da denti, una vecchissima radio. Noto una specie di cucina all'aperto, un fuoco per terra, una pentola enorme con qualcosa, probabilmente fagioli, che ribolle dentro.

Questa è la base principale, ma i combattenti si muovono spesso, camminano per decine di chilometri. Nessuno sa da quanti membri sia formato esattamente Mai Mai Shetani, né quante armi abbiano.

Le ragazze tornano al loro training militare. Puliscono armi, cucinano. Sono colpita da particolari che per qualche motivo mi balzano evidenti sullo sfondo. Unghie dipinte. Cellulari. Occhi. C'è tensione: c'è la possibilità, pare remota, di un attacco del Fdlr, le milizie hutu fuoriuscite dal Ruanda. Ho la sensazione che per motivi reali, o cambi di umore imponderabili, la dinamica così com'è possa mutare.

Dopo aver fotografato le guerrigliere in addestramento ci sorbiamo lunghe ore di pura, embrionale propaganda, che è un mezzo mondialmente consolidato di utilizzare le news. Quindi presentazione del leader militare, intervista a lui, visita della base, alle scarnissime strutture militari, una radio, delle mitragliatrici: tutte le menate che non puoi bypassare semplicemente perché non ti interessano.

Ci misi un bel po' per liberarmi dei leader, di tutti i maschi in generale. Mi ero resa conto che, dopo un certo lasso di tempo, l'attenzione sulla tua figura si allenta e puoi cercare, se sei discreta, un contatto vero, in quel caso con le ragazze. Avevo un po' di foto, ora volevo provare a rimanere sola con loro per intervistarle con più intimità.

Ci sono molti modi di rapportarsi all'oggetto di studio. C'è un modo che consiste nel non vederlo come tale, nel cercare quello che più assomiglia a uno scambio, una comunicazione vera. L'emozione che ho provato a contatto con quelle donne è stata intensa, dura, erano tutte più giovani di me, avrebbero potuto essere mie sorelle minori. Sono una fotografa, il mio compito è afferrare un istante, uno sguardo, renderlo significativo. Non sono un'antropologa. Anche se credo che pure gli antropologi si emozionino. L'antropologia è una scienza che nasce dal rapporto tra corpi e menti, e rapportarsi con l'altro porta alla luce emozioni. Attrazione, curiosità, disagio, paura. L'altro esiste, e questo in qualche modo ti mette in scacco. Anche con tutto il rigore scientifico, è impossibile che contenuti emotivi non passino in una ricerca, sulle pagine. A maggior ragione questo avviene in un'arte come la fotografia che, volenti o nolenti, estetizza dei vissuti concreti. C'è un modo retorico, tronfio. E c'è un modo, credo, rispettoso, o quasi. Anche se io sono l'erede dell'esploratore bianco. Sì, c'è un modo empatico. Un modo che affratella; o che assorella?

Man mano che passano i minuti, sento che è possibile, che posso avvicinarmi davvero, che possiamo essere abbastanza vicine da dare un senso a tutto il viaggio, a tutta questa parte della mia ricerca, che ora identifico con buona parte della mia vita.

Una delle giovani donne mi presenta il capitano Liliane Katiwa, all'incirca vent'anni. Unghie laccate oro, un cellulare sempre con sé, una parrucca di capelli scuri e corti, lisci, occhi tagliati a mandorla. È davvero bella. Me l'hanno presentata come quella che sa le arti marziali. Vedo poi che sa far girare il *nunchaku*, quell'arma con due maniglie di legno collegate tra loro da una catena. Lo fa seria, concentrata, come le ninja iraniane che mi avevano affascinato. Guardava l'orizzonte, consapevole dell'obiettivo, Bruce Lee donna e africana.

Ms Kalashnikov.

Chissà dove ha imparato.

Oltre a lei, tutte ragazzine, qualcuna già madre. Alcune non più di quindici anni, arruolatesi di loro spontanea volontà, così dicono. Molti gruppi armati reclutano forzatamente in Congo da decenni, spessissimo c'è una componente violenta, coatta, nelle modalità di reclutamento. Lì invece c'è una decisione personale. La disperata necessità di cessare di essere vittime e di prendere anche per un solo giorno la vita nelle proprie mani.

La maggior parte delle guerrigliere che riesco a intervistare ha perso almeno un famigliare. Almeno una, nella propria cerchia di donne, è stata stuprata. Tutte dichiarano di essere maggiorenni: quello ovviamente è indottrinamento, la verità a uso del giornalista, è evidente che sono solo adolescenti.

Le storie di queste ragazze sono molto simili. Tutte hanno subito violenze, saccheggi, lutti. Il quotidiano, il giorno per giorno delle guerre civili. Tutte hanno ben chiaro cosa vorrebbero fare: continuare a studiare. Mi viene in mente Ja, il suo progetto, il suo desiderio di continuare gli studi. Molte vorrebbero essere infermiere, insegnanti. Invece eccole con il mitra in mano. Alcune sono già madri, e i figli sono con le nonne, al villaggio. I padri, ovviamente, inesistenti.

Alcune però non riescono proprio a rispondere alla domanda: «Cosa farai quando uscirai dalla milizia?». Sanno che è durissimo scappare, sanno che la guerra non finirà. E sanno anche che in ogni caso non sarà facile affrontare la vita da civile dopo essere state ribelli.

«Nessuno ci vorrà sposare poi» mi dice una ragazza di nome Kanieremerve. «Non troverò mai un lavoro. Ma non avevo altra scelta. Quando hanno dato fuoco alla mia casa ho capito che avevano ucciso mio padre, sono scappata e sono rimasta nascosta varie settimane nella savana. Certo che volevo tornare indietro, avevo paura, paura di tutto quello che si muoveva intorno a me. Ero terrorizzata ma anche molto arrabbiata. Non volevo che mia madre facesse la stessa fine. Durante quel periodo mi passò per la testa di entrare nei Mai Mai. Un cugino una volta mi aveva detto che i ribelli ti davano da mangiare e ti preparavano a combattere. Mi sarei potuta difendere. Non avrei mai pensato di diventare una ribelle. L'AK47 pesava tantissimo. E poi non ne avevano tanti. Ci addestrarono con dei bastoni. Dopo qualche mese mi venne affidata l'arma, durante un rituale.»

Cerco di capire altre cose fondamentali, ad esempio, come sono trattate dai maschi della milizia. Difficile avere qualche racconto, il tempo è poco e so che la versione che mi stanno dando è in qualche modo edulcorata.

Del resto sapevo che l'incontro non avrebbe dato risposte, dal punto di vista delle ricerche, ma aperto solo domande su domande. Che continuo a pormi tuttora e che sono l'ossatura del mio lavoro.

Mi colpisce il racconto di una ragazza molto giovane, Rehema, con il volto segnato dal vaiolo. La storia è tipica, ma il suo essere in qualche modo esemplare non la rende meno dura, meno amara da ascoltare. Quella voce vibra nei miei timpani, scende nel cuore e nella pancia. Sento l'ombra della sua sofferenza quando racconta del fratello maggiore e del padre trucidati sotto i suoi occhi. Quando rievoca la fuga nella savana, la fame, la sete.

L'adolescente butterata finisce di parlare, mi guarda negli occhi, si guarda intorno. Mi sussurra: «Ho la malaria. Devo andare a Goma per curarmi. Portami con te».

È una follia, penso, non si può fare. Non si può uscire dai Mai Mai, non così. Rischiamo troppo, tutti, penso immediatamente.

Lei prosegue. «Si può fare. So come andarmene. Sono nata qui, proprio qui. Conosco tutti i sentieri, anche quelli che percorrono solo gli animali. Voglio andarmene. Possiamo farcela.»

Guardo Chrispin. Ha l'aria preoccupata. Interviene. «Come conti di fare?» le chiede.

«C'è un punto sulla strada, dopo il checkpoint, circa tre chilometri. Posso farmi trovare lì, domattina.»

«Troppo rischio.»

«Mai Mai Shetani non ha jeep.» La voce dell'adolescente è calma. «Abbiamo ore di vantaggio» prosegue. «Non ci seguiranno. Ci proveranno, ma è inutile. Saremo già lontani. Stanotte berranno tutti. Ce la facciamo.» Poi cambia espressione. Ora sembra giovane, ancora più giovane dei suoi sedici anni. «Vi prego. Devo curarmi. Se non muoio prima per una pallottola, morirò per questa malattia.»

Guardo la ragazza soldato, poi Chrispin. «Non si muore di malaria» mi dice in francese.

Ma di pallottole, o machete, o mina antiuomo sì, penso.

Diciamo di no, che è troppo rischioso. La ragazza annuisce, si congeda.

Dieci

Quella notte non dormo.

Partiamo alla mattina presto, il mio *mood* è triste, silente. Chrispin lo avverte, e non prova nemmeno a interagire. Katorze canticchia tra sé. Rifacciamo il sentiero, scortati dai guerriglieri. Salutiamo, la jeep è lì che ci aspetta. Un gruppo di ragazzini in mimetica, età apparente quindici anni, ha montato la guardia sul nostro mezzo mentre eravamo al campo.

Partiamo ballonzolando, sollevando polvere. Uno dei guerriglieri alza la mano per salutarci. Rispondo con lo stesso gesto.

I sanguinari Mai Mai Shetani.

Passiamo il checkpoint dopo tre, quattro chilometri. Sotto un albero, in lontananza, vediamo una figura.

È lei.

Non sappiamo come abbia fatto.

Mi viene in mente un film, un bel film sui bambini soldato congolesi, la protagonista è una ragazza che ha il potere di sapere da che parte arrivano le pallottole, dove sono i nemici. *War Witch*.

Che potere ha questa ragazza? Come ha fatto a essere lì prima di tutti?

Chrispin mi guarda.

«A questo punto facciamolo.»

Senza una parola, ferma la jeep accanto all'albero. La ragazza sale. Ha addosso un paio di pantaloncini da calcio e una camicetta gialla. Una borsa di cuoio in spalla. Senza una parola monta sulla jeep. Le passo una galletta. Katorze scuote il capo, ma sembra sollevato.

Passiamo altri checkpoint, altri gruppi ribelli. Chrispin dice che la ragazza è sua nipote, nessuno fa problemi.

Al checkpoint dell'M23 arriviamo alle diciotto e trenta, è buio ed è chiuso. I ribelli stanno a bordo strada, armi in mano, e non fanno cenno di aprirlo. Avvicinandoci notiamo camion fermi ai lati, gli occupanti adagiati vicino alle ruote, segno che le merci, le persone, qualsiasi tipo di passaggio è bloccato in quel momento. Io non so cosa significhi nella pratica il fatto che sia chiuso. Ogni volta che sono passata di qua era aperto. Sorpassiamo i camion ai lati della strada, venditori ambulanti cominciano a seguire la jeep, vendono spiedini di carne di pecora che cucinano sul momento e cipolle abbrustolite. Abbasso il finestrino e ne compro per tutta la *crew*. Non sai quando sarà la prossima volta che incrocerai del cibo.

Vendono di tutto ed è molto meno caro che a Goma. Chrispin ne approfitta per fare la spesa. Sistemiamo delle galline magre, dall'aria sconcertata, tra i giubbotti antiproiettile e le ruote di scorta.

Quel gesto, prendere cibo e pagare dal finestrino, mi mette a disagio, è spersonalizzante, una gestualità coloniale, o dickensiana, come pagare un lustrascarpe pochi spiccioli, non mi piace per niente. Che lo facessero anche i congolesi non mi faceva star meglio. Il colonialismo purtroppo si introietta, diventa un modo di relazionarsi dall'alto in basso, strumentale, sulla base del potere.

Chrispin comincia a trattare con i ribelli. Non fanno molto caso a Rehema. Non sono gli stessi che ci hanno visto passare all'andata. Lei risponde a tono, fredda, e quelli si bevono la storia della nipote.

Il problema è un altro.

La jeep è ferma, Chrispin spiega perché siamo in ritardo, chiede di fare un'eccezione e farci passare. Loro, irremovibili, non ne vogliono sentir parlare.

«*Non, mon frère, ce n'est pas possible.*»

Il checkpoint riapre domani mattina alle sei, si riparte a quell'ora.

«*Désolé, désolé.*»

Capisco che la faccenda è piuttosto in salita. Nel frattempo qualcosa mi distrae, come un magnete: butto l'occhio a destra fuori dal finestrino e mi accorgo che il cielo è spaventoso, mai avevo visto una cosa così. Profondissimo, nerissimo, migliaia di stelle lo bucano tutto. In lontananza, la sagoma del Nyiragongo, alone rosso vivo in cima, sulla bocca. Si sentono spari in lontananza. Sono ipnotizzata. Il tempo si congela. Quando mi riprendo, l'unica cosa che mi vedo fare, come in un automatismo, è prendere il cavalletto per montarlo. Mi sento dire a

Chrispin: «Scendo, che nel frattempo che tu contratti devo fare una foto».

Chrispin mi guarda e senza mezzi termini mi risponde: «Meglio di no. Stai qua».

Difficile che Chrispin fosse così netto, quindi mi blocco. Al mio sguardo interrogativo risponde con voce calma: «Non è un buon posto questo, anche se sembra tranquillo».

Mentre aspettiamo che arrivi il superiore del ribelle che ci ha fermati, Chrispin mi spiega che in quel checkpoint, simile a un grosso snodo di frontiera, ci sono spesso scontri armati. Non possiamo assolutamente passare la notte lì. Guardo Rehema, che si è raggomitolata dentro una coperta. Mi lancia un mezzo sorriso che non muta la tristezza e la profondità dei suoi occhi. Dobbiamo trovare il modo di proseguire. Posso chiamare al telefono alcuni colonnelli dell'M23 per avere un lasciapassare. L'idea è buona, ma è notte e le linee telefoniche hanno smesso di funzionare.

Niente comunicazione diretta. Attesa.

Siamo in mezzo alle montagne, l'aria è più fresca che a Goma. Ormai siamo fermi da un'ora. Nessun ragazzino cerca più di venderci la sua mercanzia. Spari, di nuovo, lontani. Tutto prosegue in una precaria normalità, in quel luogo di passaggio, fatto di piccole baracche in legno. La maggior parte dei suoi occupanti è in tuta mimetica. Tutte le attività che svolgono sono sussidiarie della postazione ribelle. Le donne portano fascine di legna sulla testa, i ragazzini arrostiscono verdure sulla brace, per strada.

Non avverto un pericolo immediato, ma Chrispin non vuole passare lì la notte, e questo mi sembra un motivo sufficiente per tenermi sveglia.

La situazione si sblocca in maniera trionfale e improvvisa, come piace ai congolesi. Arrivano di gran carriera due mezzi: il primo, un pick-up pieno di guerriglieri M23 armati fino al collo, il secondo, la jeep di un pezzo grosso, chiusa, vetri scuri. Sembra la jeep di Kazarama; chissà se è lui che è venuto a chiedermi in sposa. Che ghiotta situazione per essere in credito con la giornalista *muzungu*!

No, è un colonnello che non avevo mai visto. Entrambe le jeep inchiodano in una brusca frenata. I soldati saltano giù, ordinati, marziali, attorniano l'area, lasciano un corridoio per la discesa del colonnello. L'uomo si avvicina assieme al suo attendente. Non so bene cosa aspettarmi. Dopo averci guardato in silenzio per due, tre secondi, si lancia in una lunga ramanzina. Sembra un padre quando la figlia adolescente rientra troppo tardi la notte. Non pare prestare attenzione a Rehema. Forse siamo fortunati, penso. Forse ce la facciamo. Ci comunicano che ci scorteranno da lì fino a Goma, per farci arrivare protetti.

Partiamo sgommando per cercare di stare dietro all'M23 che si è già avviato, in fretta. Una macchina apre la strada e l'altra ci segue per proteggerci dalle imboscate.

Torniamo a casa scortati, letteralmente, dai ribelli.

Mentre la macchina ballonzola tra un cratere e l'altro, Chrispin mi spiega che la possibilità di assalti in questo tratto fino a Goma c'è, ed è vero che è buona regola non viaggiare di notte, ma è una mezza verità che siamo così esposti ad attacchi (criminali o di altri gruppi armati) da quel checkpoint fino a Goma. Sembra che l'M23 stia ingigantendo la cosa. Il dispiegamento di forze è un po' teatrale. Devono avere qualcosa in mente, una qualche operazione di propaganda da dare in pasto alle news o ai media.

Arriviamo all'entrata di Goma. Vedo da lontano che ci sono movimenti insoliti al checkpoint della Monusco. Grossi fari si accendono uno dopo l'altro e vengono puntati in direzione della strada. I soldati entrano nei tank e si mettono in posizione. Di colpo, dopo un fischio acuto, dagli altoparlanti giunge un annuncio assordante: fermarsi immediatamente.

Tre jeep non identificate arrivano veloci quanto lo si può essere di notte su quelle strade: la prima è piena di ribelli. Non più tardi di sei mesi prima l'M23 aveva preso il controllo di Goma per quasi un mese, aveva aperto tutte le carceri, aveva saccheggiato depositi di armi e munizioni dell'esercito congolese e i ribelli si erano ritirati nella foresta indisturbati.

Le tre jeep rallentano fino a fermarsi di fronte alle truppe Monusco in assetto di guerra. Il colonnello M23 scende seguito dal braccio destro. Gli viene incontro il pari grado Onu. Si conoscono da tempo, ovviamente, stretta di mano, si dicono poche frasi, si intendono. Il cerchio si chiude, ci fanno cenno di scendere ed ecco sguardi d'intesa e grandi pacche sulle spalle. Il colonnello Onu mi chiede se sto bene, il ribelle mi saluta, si congeda, ripartono sgommando, direzione opposta.

Sui giornali locali sarebbe apparso che l'M23 aveva riaccompagnato a Goma dei giornalisti che si erano persi di notte nella foresta, o qualcosa del genere. L'M23, l'ho già detto, è attento alla copertura mediatica. Tutt'altro che degli sprovveduti.

Il checkpoint Monusco è più rigido di quelli che abbiamo passato. Rehema è solo una ragazzina, ma in questa guerra anche i bambini sono pericolosi. Si fanno ripetere la storia più volte. Sì, mia nipote. Sì, deve curarsi. Garantisco io.

Alla fine passiamo.

Non ha un posto dove stare, la nipote acquisita di Chrispin. Quella sera dorme da me, scambiamo pochissime parole.

La mattina dopo, per fortuna, ho un'illuminazione. Andiamo verso lo Stade les Volcans in mototaxi. Entriamo in palestra. Kibomango è lì, con i suoi pugili. Gli racconto la storia. Lui annuisce. Gli sto affidando un ex soldato.

«*Ok, no problem*» dice. Mette una mano sulla spalla della ragazza, la guarda in volto. Ho un groppo alla gola. Lei mi abbraccia mettendomi la testa sul petto. Sento che sto per piangere. Saluto, mi allontano.

La famiglia di Kibomango ora ha un altro membro.

Ecco una cosa buona che è accaduta lì, mentre vivevo a Goma.

Mesi dopo, a Bologna, avrei organizzato un evento, una mostra con le foto della palestra. Sarebbe servita per raccogliere fondi, per comprare nuova attrezzatura per Kibomango e i suoi ex soldati che cercavano di rimanere integri, a testa alta. Qualche soldo sarebbe venuto fuori.

Glielo dovevo, credo.

Il giorno dopo aver salutato la mia guerrigliera Mai Mai, scarico tutte le schede che ho nascosto nel reggiseno. Il tempo si congela di nuovo, non so quanto rimango da sola, prima impegnata nell'editing, poi nella postproduzione. Mi rendo conto ancora una volta di essere in uno stato di grazia. Avevo quello che avevo cercato per mesi, alcune foto buone c'erano, avevo finito il lavoro. Potevo tornare a casa. Sento emozioni contrastanti al pensiero. Però sì, voglio tornare. Piango a lungo.

Riascolto le interviste, prendo appunti su nomi, dati e date, tutti i contenuti giornalistici. Della relazione con Dan, in quel momento, non mi interessa più nulla, mi viene da ridere: tutto quello che fino a poco tempo prima era parso problematico, ora sembrava piccolo, lontano, sfocato. Ero tornata in un mio centro, uno stato che io leggo come sano, o risanato. Avevo di nuovo la mia prospettiva ampia. Stavo facendo quello che dovevo fare. E avevo trovato, testimoniato, quello che molti ritenevano impossibile, dicerie, niente di confermato: le ragazze in armi in quell'area del

Kivu. Donne che abitano il nostro stesso tempo. Quando tu respiri anche loro lo fanno, proprio nello stesso istante, vivono in guerra e decidono di non piegarsi.

I motivi e le circostanze sono svariate. C'è un connotato di scelta, ma forse tutte le scelte sono obbligate, a partire dalle storie personali di ognuno. Vivono in una cultura patriarcale, sono figure chiave, rompono equilibri secolari, affrontano snodi identitari complessi: da civili a militari, in rapporto con gli uomini della milizia cui appartengono, in rapporto con la famiglia e il villaggio; la violenza vissuta dall'altra parte della canna del fucile, quella dove non si è vittime, almeno non direttamente, per l'azione diretta di un uomo; e poi il ritorno alla vita civile, estremamente difficoltoso, alle volte impossibile, per attraversare un'altra trasformazione identitaria.

Come avvengono i cambiamenti culturali e sociali? Lentamente, durante decine di anni o secoli. Ma ci sono momenti di rottura estremi e atroci, come ad esempio le guerre. Si creano dei vuoti di potere e con i vecchi poteri cadono le vecchie certezze, in tutte le espressioni della vita delle persone, non soltanto sul piano politico, economico, istituzionale o quotidiano. È noto che molte certezze su quale sia la posizione della donna nella società sono state messe in discussione durante l'esperienza del conflitto. I conflitti cambiano le regole che articolano la vita.

Succede che in una società patriarcale dove le donne hanno come destino la vita domestica, dove appartengono ancora al mondo naturale, come le stagioni o la pioggia, dove ancora non possono pensare a un futuro e a una scelta, si ribaltino le cose. Le donne servono eccome in guerra, pure al fronte. Allo stesso modo, se c'è una resistenza, c'è bisogno di braccia. E se le donne saranno lì, al fianco degli uomini, armate, dotate di più o meno potere, con capacità differenti, quello della guerra sarà uno snodo centrale per il cambiamento. In quel momento stesso il ruolo della donna è già cambiato, il cambiamento è in atto. Qualcosa è scattato, difficilmente le relazioni rimarranno le stesse.

Non significa che un'esperienza di guerriglia riesca necessariamente a cambiare le generazioni a venire. Però è quel che è successo durante la resistenza partigiana in Italia. La Resistenza di per sé non ha creato una rivoluzione nei ruoli uomo-donna, ma è stato un laboratorio che ha provocato prese di consapevolezza e lotte per i decenni successivi e fino a ora. Ovvio, non si possono accostare le milizie armate del Congo con la nostra Resistenza. Le letture ideologiche, il tipo di consapevolezza, variano a seconda dell'epoca storica o del gruppo armato. Ma che cosa avviene nel corpo e nella mente di una donna che decide di entrare in una resistenza armata? A me sembra chiaro che il movimento delle donne curde dell'Unità di protezione popolare (Ypg) in Siria, così complesso e stratificato, con una lettura ecologista e di genere che fa impallidire le elaborazioni dei cosiddetti partiti progressisti occidentali, stia lasciando un segno e creando un potenziale per un lavoro sull'identità di genere che era impossibile da immaginare prima dell'inizio della guerra civile siriana.

Undici

Cominciai a fare ricerche sulle partigiane in Italia, sulle anarchiche durante la guerra di Spagna, sulla guerra di indipendenza in Mozambico, Liberia, sulle resistenze armate dove le donne hanno avuto un ruolo chiave.

Volevo capire se – fuori dalle connotazioni storiche, geografiche, politiche – ci fossero dei tratti comuni nel processo di presa di coscienza. Anche se in contesti differenti, in fondo tutte le donne guerriere venivano da una società patriarcale, da una guerra subita e di cui erano state vittime potenziali, eppure tutte avevano deciso di resistere. La domanda del benpensante, «perché militarmente?», la trovo ingenua, a tratti fastidiosa.

Se nel luogo dove abiti c'è una guerra, le scelte che hai sono molto minori rispetto a quelle che avresti in pace. In guerra ci sono le regole della guerra.

Era questo lo spirito con il quale ero andata in Congo. Volevo incontrare queste donne e spogliarmi dei miei preconcetti, affrontare le difficoltà etiche all'interno di una scelta di lotta armata. Non avrei potuto comprendere le loro scelte se non immergendomi nel loro contesto, fuori da una *comfort zone* che necessariamente allontana da quella realtà come se si vivesse su un altro pianeta. Invece il pianeta è proprio questo e il tempo è l'ora.

Era davvero semplice. Se a Marimakele toccano una situazione di pace, una famiglia non disgregata dalla guerra, le condizioni materiali per andare a scuola, allora Marimakele studierà, sognerà un ragazzo e così via. A sua madre era andata peggio, era stata stuprata, il suo villaggio saccheggiato, suo padre ucciso, le pecore rubate.

Non sono vicende che riguardano personaggi di finzione. Queste donne sono vive come me e te, in questo stesso istante. La scelta di molte di loro di scappare nella savana per settimane, nascondersi, maturare l'idea di difendersi da sole entrando in un gruppo armato è una scelta pura, che appartiene al diritto più basilare di un individuo, al livello più originario dell'esperienza umana.

Certo, le motivazioni delle donne che avevo incontrato coprivano uno spettro molto ampio. Fanette, Queen 1, la guerrigliera che avevamo aspettato a lungo nel Parco di Virunga mentre Kristine ubriacava i colonnelli, era entrata nell'M23 quando ancora si chiamava Cndp. Riteneva il governo congolese corrotto e incapace; le Fardc, l'esercito governativo, non le sembrava un'opzione migliore.

Con lei avevo avuto lunghi scambi su politica e femminismo occidentali, su come analizzava la violenza quotidianamente impartita alle donne. Dopo una riflessione politica, Fanette aveva deciso di combattere in armi quello che riteneva un governo fantoccio che affliggeva la terra in cui lei era nata. Supportata dai genitori, si era laureata in Scienze politiche, anche se aveva vissuto in un campo profughi per anni.

LETTERA AI GENITORI

25 marzo 2013

Problema: non sto tanto bene (sono sotto antibiotici, diarrea importante), sono andata a fare un prelievo a uno sportello automatico e ho sbagliato il codice della carta di credito, carta bloccata.

Allora, praticamente, il problema è che tramite Skype non si riesce a comunicare e il cellulare non prende i numeri sulla tastiera, per questo credo che ce la possiamo fare dal vostro telefono di casa.

Telefoni all'800111030 e c'è una voce automatica, vai alla voce «apertura conti», ti chiede il codice clienti e la data di nascita.

In seguito verrai indirizzata da una persona che ti chiede una combinazione della tessera gialla che trovi in allegato. Ti chiede anche il numero della carta di credito che trovi in allegato. La mia comunicazione si è bloccata lì quindi non so come prosegue.

A me servirebbe ricevere a voce da voi per email un nuovo codice della carta di credito.

Se riuscite per piacere potete comunicare anche che non mi blocchino la carta e che per i prossimi tre mesi i prelievi verranno fatti dal Congo?

Devo ancora cambiare il volo, ma tra ieri pom e oggi è stato parecchio infernale...

Grazie mille.

F.

Dodici

Rimasi senza soldi, senza contanti. Passai due settimane a secco. Stavo aspettando il pagamento dello shooting di Save the Children e quello di Oxfam, sarebbero rientrati parecchi soldi, ma avevo le tasche dei pantaloni tecnici vuote.

Dan mi prestò duemila dollari. Mi disse di ridarglieli quando avessi potuto. Problemi relativamente comuni sul campo. Io lessi la cosa come un gesto di genuina generosità. Ci salutammo, lo ringraziai, lui fece un sorriso complice, «stasera ci vediamo da me?», a metà tra asserzione e domanda. A me andava.

Ero stata molto male fisicamente, in un momento di febbre alta e quindi di poca lucidità avevo bloccato entrambe le carte di credito sbagliando a digitare i pin. Non so cosa diamine mi fossi presa. Da un po' ero in casa di un collega, Sylvain, da sola, perché lui stava a Bujumbura dalla ragazza. Avevo cominciato a stare male dopo il bagno nel lago, il giorno prima.

Era domenica, ero al Lake Kivu Hotel, un albergo dove fanno il pranzo a buffet, con un immenso giardino di fronte al lago. Dopo pranzo mi viene una gran voglia di fare il bagno, cosa che sconsigliano perché l'acqua, dicono, è piena di parassiti. Infatti di gente a mollo non ce n'è. Ma la maggior parte di quella gente lì è bianca, non stringerebbe nemmeno la mano a un congolese senza poi correre a lavarsi di nascosto.

Sono mesi e mesi che non mi faccio una nuotata, il paesaggio è mozzafiato, il lago è circondato da monti che sono già Ruanda, l'acqua è limpida. Mi immergo, nuoto, lascio uscire la tensione, la sento che si disperde nell'acqua.

Non so se avevo preso per davvero un parassita o se fu solo un problema di digestione, il cattivo cibo più il freddo. Il giorno dopo stavo malissimo, avanti e indietro dal bagno, avevo la febbre alta. Provai a mangiare riso in bianco e a starmene a casa. Non so perché non chiamai nessuno. Sapevo che stavo per finire i contanti e a Goma era sempre un casino prelevare. Varie filiali erano famigerate tra i giornalisti per aver fatto finti prelievi sulle carte di credito degli occidentali. Le clonavano, qualcosa del genere. Queste comunque erano le voci, diffuse. Mike, un fotografo della Magnum, qualche tempo prima ci aveva rimesso quasi mille dollari.

Di nuovo, come in Libano: se la mancanza di budget rappresentava un problema (nessuna copertura sanitaria, nessuna assicurazione per me e l'attrezzatura, mai la certezza di avere abbastanza soldi per finire il mese, nessuna idea di come sopravvivere quello successivo), da un altro punto di vista era una macchina che produceva idee alternative.

Chrispin era curioso di me perché ero italiana e con un'idea strampalata in testa; io curiosa della sua gentilezza, così rara in Congo, e della sua enorme conoscenza sul campo. Eravamo diventati amici per questo. E gli amici fanno cose insieme perché credono nello scambio reciproco. Non è opportunismo, è un darsi sapendo che le energie positive producono altre energie positive. Chrispin sapeva che non avrei potuto sperare nella tariffa regolare da *fixer* che prendeva lui quando lavorava per le televisioni o coi giornalisti inviati da varie redazioni di news, che avevano tutto spesato.

Mi aveva «visto» per davvero: amavo quella storia e quel paese, cambiavo aereo di ritorno continuamente, stava diventando un ritornello, facevo lavori collaterali per le ong, per mandare avanti il progetto sulle donne combattenti.

Quando ci incontrammo per parlare di come avremmo gestito il viaggio per Nyamilima, la parte economica, i suoi compensi, Chrispin mi fece: «Ora non ti preoccupare, poi ci pensiamo». Anche lui era rimasto invischiato nella storia delle donne combattenti; a pochi chilometri da dove viveva, la *muzungu* venuta da chissà dove gli aveva trasmesso quella «fotta».

Tornammo a Goma e capii che non avrebbe accettato un dollaro per quei giorni sul campo. Quando me ne andai dal Congo gli lasciai la mia seconda macchina fotografica, batterie, qualche scheda, lo zaino. Era potenzialmente un buon fotografo, aveva sensibilità e le sue foto vibravano, ma non possedeva una macchina

Mesi dopo cerco un pezzo che ascoltavo quando stavo in Congo. Su YouTube mi imbatto in un video di Koffi

Olomide, un musicista di *soukos*, molto popolare in tutto il paese.

Musica incalzante, siamo in mezzo alla savana e ci sono due gruppi, guerriglieri e guerrigliere, che fanno varie coreografie. Le donne fanno le fighe, hanno movenze molto sexy, sono mezze nude con il loro cappellino verde militare, i pantaloni cachi, gli stivali neri e un top minuscolo. Ma, interessante, non si ricalca uno stereotipo pari pari, non c'è una divisione così netta dei ruoli. La coreografia stessa è molto selvaggia, a momenti violenta. Le donne si armano di bastoni e corrono in mezzo alla savana. Nel frattempo i compari maschi, un po' militari un po' rapper col cappuccio in testa, eseguono un'altra coreografia con esplicite movenze sessuali. A un certo punto uno inciampa, un altro ride, un sorriso genuino, di quelli fuori *script*, il che rivela la totale amatorialità del video. Mi esalto. Rido da sola.

Il leader militare, il protagonista, il cantante Koffi, ha gli occhiali scuri di plasticazza nera, indossa la mimetica, ha una catena dorata al collo e la camicia sbottonata fino a metà panza, è pieno di medagliette di alluminio dipinte d'oro e si atteggia esattamente come alcuni ribelli del Fdlr che ho incontrato, le milizie hutu, genocidari in fuga dal Ruanda. Venni fermata da alcuni di loro a un checkpoint mentre andavo verso Nyamilima, nel viaggio conclusivo dove avrei incontrato la milizia Mai Mai Shetani, i «ribelli del diavolo».

Erano ragazzetti, abbastanza ubriachi, oppure s'erano sniffati della colla o qualche sostanza chimica, alterati comunque. Sbruffoni e spavaldi, armati di AK47 vecchissimi adornati di straccetti di stoffa e qualche ammennicolo plasticoso che sarà servito come scacciademoni. Il checkpoint: una corda a metà della strada che io nemmeno avevo visto. Katorze, l'autista, l'aveva vista eccome e sapeva cos'era. E Chrispin aveva cominciato a prepararsi la strategia giusta da adottare con loro per proseguire il nostro cammino e non subire altre disavventure. Bisognava prima di tutto capire di che gruppo ribelle facessero parte, per scegliere che storia raccontare, che lingua parlare, che doni offrire, che documenti nascondere.

Koffi, come il ribelle Fdlr, impartisce ordini ai suoi sottotenenti, altri straccioni con un po' meno potere di lui. A un certo punto però, imprevedibilmente, il modello unilaterale macho si distrugge: lui comincia a girare in tondo e sculetta, allarga le braccia e fa come per respirare quello che la natura gli regala.

Poi finisce: i finti militari e tutta la *crew* del video salutano la telecamera insieme ai mille bambini, quelli che stavano davvero tra le palle durante le riprese. La scena si conclude con un camion gigante che si allontana traballando nella foresta lentamente, con mille merci sopra, e sopra le merci le persone.

Non ci posso credere. Per la sua uscita di scena dal video Koffi ha utilizzato lo stesso mezzo di trasporto di tutti i senza soldi dell'Est del Congo: un camion, esattamente come le *internal displaced persons*, gli sfollati interni. Niente fuoristrada da rapper di serie C. Mi fa impazzire. Dunque la cultura popolare utilizza un'iconografia tipica del

Congo, le guerriglie armate, come soggetto per farci una coreografia ad hoc e poi mischiare realtà rurali e rifugiati. Effetti del conflitto stesso.

Riguardo il video.

Le donne sono mezze nude, fanno le amazzoni. Gli uomini muovono il culo. Nel frattempo le uniche parole che recepisco sono: *évangélisation*, *monde arabe*, Rotterdam, *vérité*, *respect*, Arc de triomphe. Il resto è swahili. Rido di nuovo, rimetto da capo. Non mi tengo. Attacco le casse e mi posiziono di fronte allo specchio. La coreografia delle ballerine guerrigliere spacca, la voglio imparare. Loro sono un mix tra una versione congolese di M.I.A. e la tipa che incontri se fai una passeggiata al Pilastro o alla Barca, o in qualsiasi periferia del mondo: grandi cerchi alle orecchie, pantaloni a vita bassa, atteggiamento da sexy ninja padrona del mondo. Mi piacciono. La coreografia è veloce, la maggior parte del gioco è fatto di bacino, si scende, scende, scende, animalescamente, con un ritmo preciso, poi di scatto ci si rialza. Qualcosa a metà tra un serpente e una tigre.

Riprovo e rimetto indietro il video. Non va male. Inquadratura sulla ballerina principale: fa un assolo niente male, ed è di fronte a una capanna di paglia e fango, non molto diversa da quella in cui abitano sua zia e sua nonna. Penso a Eliane, una mia amica coi piercing e tutto, che fa la ballerina a Kisangani per vivere e si veste da amazzone. Però sua zia vive nella capanna a venti chilometri dalla città, in mezzo al niente per davvero. Non è il set di un video.

Il cameraman ogni tanto perde il fuoco e traballa. Gli uomini spesso hanno i palmi rivolti al cielo, i piedi pestano con forza per terra. Meno spirituale il lavoro del bacino.

Be', me lo diceva anche Nelson, a Capo Verde: «*Vôce sabe, nos tenemos a caloria...*», alludendo alle pulsioni sessuali non contenibili degli uomini africani. All'epoca avevo reagito con leggerezza – eravamo abbastanza in confidenza –, prima dicendogli che stava sparando cazzate, poi ballandoci un *funanà*. Ovviamente, come qualsiasi capoverdiano, mentre ballava teneva schiacciato il suo bacino al mio e si muoveva a ritmo. Mica s'era fatto degli scrupoli per il fatto che fossi, dal suo punto di vista, la «donna bianca del regista». Avevo pensato che quello era il solito modo paraculo interplanetario maschile di legittimare culturalmente l'incapacità di tenersi quello che si devono tenere tra le gambe. Poi, in più, c'è un «però» che aggiunge un'altra sfumatura. Ha a che fare con un'intensità, una vibrazione, che nella mia esperienza appartengono all'Africa e al Sud America.

A un certo punto del video due dei ballerini spuntano da dietro una palma con un mega sorriso, come quando giochi a nascondino. Due guerrigliere fanno lo stesso. Leggerezza e simbologia della guerra.

Perché, non è questo che ho conosciuto in Congo? Gli estremi sono affiancati: la vita che pulsa da una parte, atti brutali dall'altra. Tutto insieme. Un circo, lo chiamavo io. Se la tua testa non è flessibile al continuo gioco di parti, ruoli, dinamiche, finti e fittizi poteri, vai fuori di testa. O te ne innamori follemente.

Ogni tanto attraversano l'inquadratura alcune galline. Quelle doveva essere un casino tenerle ferme durante le riprese, penso. E infatti una delle ballerine ride e le si scoprono i denti un po' divisi, rotti, di chi non può andare dal dentista. I piercing, invece, se li fanno tra di loro. L'ho visto, è una specie di rituale femminile. Mi piace anche questo. Penso che si siano divertiti un sacco a fare questo video. Penso anche che mi piacerebbe da morire fare un video così. Ovviamente non da film-maker, ma da ballerina.

Apro la chat di Facebook e scrivo a Dan, gli dico di chiedere a Horeb di mettermi in contatto con Koffi, sono amici.

In un suo video voglio essere una delle ballerine.

Tredici

È il compleanno di Flora.

Con Dadà decidiamo di raggiungere in mototaxi il mercato per cercare un regalo. La sera andremo tutte insieme al Coco Jambo, c'è anche il «fidanzato» di Flora in visita a Goma, quello che sta a Bujumbura, Ippolito, un cooperante italiano. Sappiamo che Flora si vuole fare figa e ci sembra perfetto, le compreremo un vestitino di quelli.

È tutta la mattina che sto cercando disperatamente di spedire tre foto al «Guardian» ma niente, la linea sembra non funzionare; e sono al Lake Kivu Hotel, quello che ha la connessione migliore in città.

Arrenditi.

Sì, chiamo Dadà. Lei felicissima che mi faccio viva prima del previsto.

«*Oui, oui! Alors, à quelle heure?*»

«Ci vediamo tra un'ora, mi vieni a prendere tu?»

Quando arriva vedo che ha un'abrasione in faccia, sullo zigomo destro. Mi preoccupo e mi sale una rabbia difensiva, animale.

«Ma che hai fatto?»

Lei strizza gli occhi, alza le spalle e fa per parlare d'altro, ma io insisto.

«Ieri un poliziotto non mi lasciava in pace.»

«E quindi?»

Niente, capisco che non ne vuole parlare. La conosco abbastanza per sapere che tanto è più paracula di tutti quanti noi messi insieme. Se ha deciso di non raccontare, non lo farà. Ok, andiamo allora. Prendiamo due mototaxi che ci lasciano vicino al mercato dei vestiti. Lei contratta il prezzo, io pago. Sta nei patti non detti: pago io quando siamo insieme. Ci sta. Cioè, non sono il suo fidanzato ma sono comunque la *muzungu*.

Entriamo in questo enorme baraccone di vestiti mandati dall'Occidente. Non c'ero mai stata prima ed è totalmente inavvicinabile per i bianchi, a meno che non si sia accompagnati. Non potrei fare nemmeno un passo senza essere assaltata da una frotta di venditori di qualsiasi cosa. Con Dadà è diverso, lei sa dove andare. La seguo, si dirige veloce verso un ambulante, la merce è in terra, su un telone, e sono tutti minivestiti di silicone, plastiche, robe sintetiche, colori sgargianti. Mi pare ottimo. Prendiamo un vestito rosso con un fiocco nero enorme su un fianco, scollatura della madonna. Dadà è sicura che piacerà a Flora.

Ora è il suo turno, e ne trova uno piccolino, azzurro finto jeans, stretch, con una cerniera che parte ad altezza tette e finisce in fondo al vestito, cioè pochi centimetri più giù.

«Ti piace?»

«Sì, dai, provatelo sopra i pantaloni» le dico io.

Lei eccitata lo indossa e si rigira su se stessa.

«È il tuo, Dadà, sei una gran figa.»

«Ok, tocca a te» fa lei, prendendo da terra un fazzoletto di stoffa elastica giallo limone.

Impallidisco. «No, Dadà, ti prego, ma mi hai vista? Non riesco a mettermi dei colori addosso. Sì, ho dei problemi!»

Me ne propone un altro rosso fuoco, mi vengono i brividi.

«Ma sei sempre vestita come un uomo» mi fa.

Le dico: «Senti Dadà, hai ragione ma devo fare le cose in maniera progressiva, la prossima settimana arriva una valigia con un po' di miei vestiti da un'amica di mia madre, con quelli mi sentirò a mio agio. Io queste robe qua non le porto tanto».

Opto per l'ambulante di fianco, che ha dei jeans aderenti, e ne prendo un paio che sembra della mia taglia, mille franchi, un dollaro. Anche una canotta marrone aderente. Mi pare un incredibile *upgrade* rispetto ai pantaloni tecnici da soldato e le camicie tristissime con le maniche lunghe antimalaria.

Dadà non sembra convintissima, ma le sorrido e capisce che per questa volta va così.

Torniamo a casa.

Flora è sdraiata per terra e un'amica le sta mettendo a posto i capelli.

«Flora, buon compleanno!»

Non ci aspettava e scoppia in una risata.

Le diamo il regalo, le piace, lo mette subito. Una favola. Una telenovela congolese, *Noi e la muzungu ballerina.*

Casa di Dadà e Flora è umile, non si capisce in quante ci vivono, c'è sempre viavai, una camera con un grande letto matrimoniale separato dalla zona giorno da una tenda. I muri sono azzurri, le luci al neon. Nel soggiorno materassi per terra, dall'altra parte un minuscolo bagnetto, un buco per terra, mezza doccia che non funziona, niente acqua corrente. Niente cucina.

Le ragazze stanno chiacchierando di mille cose in swahili. Dadà comincia a mettersi lo smalto alle unghie, un'altra amica torna con due bottiglie di una roba che non conosco. Dadà ne stappa una e me la porge. Sembra uno sciroppo molto alcolico. Da una radio esce gracchiante un pezzo congolese e Flora accenna a un movimento di bacino. Tutte ridono. Io la seguo, si esaltano. Alzano il volume. Dadà grida: «*C'est le Koffi, c'est super!*», butta da parte lo smalto e si unisce. Non penso e guardo solo il culo di Flora, imitando. Dieci anni di afro; Cristiana, la mia coreografa, sarebbe fiera.

Arriva l'ora di uscire, sono tirate, io mi sono messa i jeans e la canotta nuovi, mi sento molto bene. Camminiamo sulla strada disastrata per andare al Coco Jambo, è piena di sassi e buche. Flora ha i tacchi alti e la sosteniamo, l'ingresso è sempre una passerella, le ragazze lo sanno e fanno in modo di entrare in maniera naturalmente plateale. Beviamo un paio di rum e ci buttiamo in pista.

Aspettavo questo momento da ore, è di nuovo il corpo che conduce, *adieu* a tutto il resto. *Sawa Sawa* è una delle mie preferite, a quanto pare è un pezzo nigeriano a contenuto sessuale, tanto per cambiare. I nostri corpi comunicano su un altro piano, Dadà mi viene sempre più vicino, si struscia a ritmo e comincia a giocare. È un'esibizionista, lo so. E allora se lancia una sfida di bacino ci sto eccome. Cominciamo a ballare insieme e c'è una vibrazione che distanzia il resto della gente. Ci sorridiamo complici. Scendiamo roteando il bacino fino a toccare quasi terra, non stacchiamo gli occhi l'una dall'altra. Non penso a niente, è un'eccellente ballerina e ha deciso di farsela amica la *muzungu* che sa ballare. A un certo punto, mentre ci rialziamo, mi sfiora il collo con le labbra e continua fino quasi alle orecchie. Ci riguardiamo. Flora arriva di fianco abbastanza ubriaca e la includiamo nei movimenti. Dopo pochi minuti fa per prendere il portafoglio per comprare da bere e non lo trova. Si blocca. Ci blocchiamo.

Usciamo dalla pista. Lucide. Che cazzo è successo? Siamo sudatissime, nelle orecchie ronzio persistente da bassi sparati senza filtri, facciamo fatica a capirci. Ci allontaniamo tutte e tre e usciamo dal locale. Flora è agitata, dice che le hanno rubato il portafoglio, dentro tutti i documenti. Dadà si volta e vede una moto che è appena partita, urla, nessuno la caga, urla di nuovo, questa volta in direzione di un mototaxi che arriva annoiato verso di noi. Non facciamo in tempo a dire niente che lei è saltata su, ordina al tipo di partire veloce e sgommano insieme in direzione dell'altra moto. Flora la chiama, Dadà è già lontana, Flora fa una mezza corsa ma poi desiste, quasi in lacrime torna indietro, Dadà è scomparsa nel buio.

Sono le quattro del mattino, non c'è nessuno per strada, Flora è disperata, cerca altri mototaxi per andare a recuperare l'amica. Mi urla: «Dadà è una pazza, *putain de merde*, è una trappola, ora là in fondo alla strada saranno in dieci motorini e le faranno il culo! Ma cristosanto, perché non è tornata indietro?». Io faccio per prendere il telefono e chiamarla, lei immediatamente mi blocca col braccio e dice: «È peggio! Poi il cellulare si illumina e le fottono anche quello!».

Mi fermo. Flora è nervosissima e impreca in swahili, io mi sento piuttosto inutile. *Chop my money* suona da dentro il Coco Jambo. Dopo qualche minuto vediamo arrivare una moto nella nostra direzione, taxista e Dadà. Torna vincente, col portafoglio e un altro sbrago in faccia. Niente di grave, ma ha un'aria molto seria. È incazzata nera, scende dalla moto, non degna nessuno di uno sguardo, a passo deciso va in direzione opposta dove c'è un poliziotto che dormicchia semisdraiato sul marciapiede. Segue una lunga litigata in swahili di cui non capisco una fava, ma ne immagino il contenuto. Ventun anni, portafoglio e documenti dell'amica recuperati, ladri sfanculati, poliziotto sfanculato, altro segno in faccia.

Quattordici

Prima di tornare davvero, faccio un mezzo tour europeo: devo assolutamente recuperare alcuni pezzi di me, vita che mi sono persa.

Tra le tappe c'è Londra, dove ho abitato alcuni anni e ho relazioni forti. Anto mi dice: «Senti F., c'è un party sabato, andiamo?». Anto è la regina assoluta della *night life* e della vita culturale londinesi, mi fido ciecamente.

Era un rave che durava dalla mattina alla sera. Ci acchittiamo per bene, parrucche e shorts che non lasciano troppo spazio all'immaginazione, ma finalmente!

Sono a Londra, sono tornata a casa, non devo più pensare a come muovermi di notte, o da chi farmi riaccompagnare, o chi sarà la prossima stronza competitiva che mi tratta di merda solo perché esisto. Devo solo prendere la metro, a ballare ci andiamo da sole, e di uomini e donne ce ne sono a bizzeffe, voglio farmi coccolare dalle mie amiche, non ho la competizione femminile nel sangue!

Arriviamo, a sud di Londra, il rave in questo caso non era proprio buio&zombie, come altri che avevo fatto. Ok, non era uno spazio occupato ma era organizzato, e onestamente preferivo quell'atmosfera, più travestimenti e leggerezza.

La giornata ci prende proprio bene, il posto è enorme, ci sono un sacco di sound system diversi, migliaia di persone.

Era tantissimo che non prendevo l'Mdma, non ne ho mai abusato, ma occasionalmente, con le persone giuste, non mi dispiaceva.

Ballavamo ed eravamo prese bene, poi a un certo punto decidiamo di andarci a fare un giro per respirare un po'. Era una bella giornata di giugno, era caldo e c'era il sole.

Ci sediamo all'ombra e beviamo. Mentre ripasso la bottiglia d'acqua ad Anto alzo gli occhi e vedo un ribelle.

Un ribelle? M23 o Fdlr?

Ma che cazzo sto dicendo?

No, ma quello è veramente un ribelle di una milizia congolese. Guarda come cammina, come mi guarda. Lui lo sa cosa sto pensando.

F., stop, respira, ti sei presa un po' di Md, *it's ok*.

Ma sì, era pochissima e mi era già scesa, ma la sensazione di scompenso rimane.

So che sono a Londra e so che quello là è semplicemente un tizio di Hackney travestito con una divisa mimetica. Ma quella visione mi trasporta alla velocità della luce alla realtà che avevo vissuto fino a pochi giorni prima. Il mio corpo, i miei riferimenti visivi – la maggior parte delle persone che avevo intorno in Africa erano militari – si erano abituati a quel set di regole, quella norma. Quella insomma era la realtà che avevo vissuto quotidianamente e per lungo tempo.

Era vera, eccome se era vera. Secondo quella realtà non avrei certo potuto stare vestita così a metà giornata in un luogo pubblico.

Ma adesso ero in un'altra realtà, che era vera pure quella, era coesistente, solo con regole diverse. Razionalmente capivo che era normale che coesistessero. Ma di solito non c'è un dialogo tra gli elementi di quelle due realtà. Il dialogo in quel momento era il mio corpo. E il mio corpo si ribellava, chiedeva a cosa appartenesse per davvero.

Mi era capitata una cosa simile dopo che ero stata in Libano, per questo sapevo che con la sostanza non c'entrava molto, al massimo aveva amplificato una dinamica già in atto.

Dopo la *full immersion* nel casino di Tripoli, ero volata a Perpignan, nel Sud della Francia, per il festival di fotogiornalismo Visa Pour l'Image, per fare contatti, vendere il reportage libanese e rivedere vecchi amici e colleghi.

Anche in quel caso, la prima volta che andai in giro da sola, un mix di sensazioni mi invase il corpo. Dove sono i checkpoint, perché le persone non hanno la mimetica e non sono armate, e soprattutto perché girano nell'ora del coprifuoco come se niente fosse? Tipico. Diglielo al mio corpo che eravamo a Perpignan e non più a Bab al Tabbaneh.

Nella mia lettura non ho mai messo questa dinamica nella gamma della problematicità. Ero felice della mia modalità immersiva nei luoghi dove lavoravo ma soprattutto della capacità di farmi attraversare dalle vite delle persone. Molti reporter avrebbero da dire su questo, infatti ho sempre avuto accese discussioni.

Comunque era normale un po' di sovrapposizione, l'importante per me era che il dialogo continuasse a rimanere aperto, non era né più vera la F. di Perpignan né quella di Tripoli, erano vere entrambe e per continuare a esistere fisicamente, quell'unica F., lei, doveva alimentarle entrambe facendole andare d'accordo.

Sono in moto, sto tornando a casa da yoga. Mi fermo a un semaforo sui Viali, si affianca un vecchio motorino, lo monta un nonno che potrebbe essere il mio. Mi guarda. Ricambio lo sguardo da sotto il casco nero integrale.

Io sono su Trinity, la mia Hornet 600. Ho gli stivali di pelle nera fino al ginocchio, leggings neri in lattice, guanti di pelle nera, giacca da moto.

Anche lui ha i guanti, ma ancora quelli da lavoro, forse è stato a potare una siepe, ha alcuni attrezzi legati dietro al motorino, un grosso giaccone di montone, una sciarpa a quadri di lana. È accigliato, continua a guardarmi. Non è uno sguardo giudicante che arriva subito a una conclusione, ma è pieno di domande.

Penso a quando era bambino, gli occhi con cui guardava sua madre mentre la tirava dalla sottana, poi penso a come è stato plasmato durante la sua adolescenza, le donne che aveva intorno, in campagna, nei campi durante la raccolta dei pomodori, lo vedo in casa di fianco alla stufa economica con suo padre, a scuola con la divisa un po' logora. Poi la guerra, la miseria, la fine della guerra, i cambiamenti, sua moglie, il nuovo negozio di alimentari che riesce ad aprire in via Andreini a San Donato grazie al boom economico.

Sua moglie non era mica nata nell'Ottocento, aveva certo più libertà di sua madre. Come lui, aveva potuto studiare solo fino alla terza elementare, ma ora in fondo usciva da sola di casa, aveva le sue cose. Eppure quella donna dipendeva in tutto e per tutto da lui, era una brava moglie, si occupava dei figli e lavorava in negozio.

Sua figlia aveva addirittura studiato fino all'università. Lui andava al lavoro tutte le mattine alle cinque per farli studiare i propri figli, così avrebbero avuto un futuro migliore del suo. Lei, la primogenita, aveva trovato lavoro con un concorso pubblico ed era maestra. Anche lì ne erano cambiate di cose. Aveva sposato un infermiere comunista che si era opposto al servizio militare, sua figlia guidava la macchina e aveva viaggiato all'estero qualche volta.

Ma quella lì, chi era quella, su quella motorazza? Che faceva, dove andava? Ma chi era sua madre? Avrà avuto l'età di sua nipote.

Che distanza c'è tra me e un uomo di quella generazione? Un salto quantico. Eppure veniamo dalla stessa terra. Siamo la stessa gente. C'è stata una guerra di mezzo. Quando lui andava a scuola le donne non potevano nemmeno votare. Sento di essere solo un pezzo di una lunga catena, avverto un legame lontano, forte, karmico, con le partigiane. Loro non sono l'origine, hanno solo vissuto una parte estrema e atroce del cambiamento. Il ruolo chiave dirompente, rivoluzionario di chi è «costretto» a rompere gli schemi, con tutte le lacerazioni che comporta, e gli immensi rischi e le difficoltà del ritorno a una vita da civile, mi pare evidente. Questo nulla toglie all'immenso coraggio e alla determinazione di intere generazioni di donne guerriere dopo le partigiane, che hanno portato avanti lotte incredibili. Provo ugualmente un'immensa gratitudine. Io sono una donna fortunata perché mia madre è una di quelle. Mia madre mi ha cresciuta, accompagnata e lasciata a un certo punto del percorso, è mio dovere proseguire. La cosa più giusta da fare è continuare questo percorso di ricerca. Ci sono molte donne che stanno vivendo conflitti contemporanei, guerre di cui sono vittime, e che per differenti motivi decidono di entrare attivamente in un percorso di resistenza attiva e, a volte, liberazione. Il *mainstream*, se rivolge loro lo sguardo, lo fa con modalità predatoria. Il giornalismo patriarcale e testosteronico non è interessato, disprezza, chiede solo «ma quante sono?» e «contano per davvero?»

Quando le cose cominciarono ad andare bene, quando *Ms Kalashnikov* come lavoro fotografico uscì su vari *magazine* in giro per il pianeta, mi resi conto di essere su un palcoscenico e che mi si chiedeva di interpretare un ruolo. Era il ruolo che mi avevano attribuito: giovane fotogiornalista che fotografa donne che combattono. Avevo *appeal*. Avevo lottato per potermi dire tale, fotografa di guerra intendo, ma il ruolo che sceglievano, che mi attribuivano, mi provocava un malessere sottile. Ero ancora una donna, un corpo di donna che vende le sue esperienze e la sua vita dentro un ruolo trafitto da infinite proiezioni maschili, in un contesto ancora fondamentalmente patriarcale, c'era un business, per quanto ristretto, eccetera eccetera. Nello stesso periodo rielaboravo, digerivo, processavo l'aggressività, la violenza che avevo assorbito nei mesi precedenti. Ero molto provata dall'esperienza, e non me lo riconoscevo.

Lettera di R.P. a F.

Marzo 2016

Cara F.,

quanto è difficile, nella pressione del quotidiano che ci impongono, collegare i punti o guardarsi dentro. Quanto pervasivi sono i modelli, i ruoli a cui prestiamo corpo e voce, non basta essere ribelli per cercarsi al di là di tutto questo.

Cerchiamo un senso, siamo terrorizzati dall'idea che un senso non ci sia, ma una parte di noi ne è convinta, fino all'ultima cellula, che un senso non c'è.

Già. Nella separazione, nell'alienazione degli uni con gli altri, un senso non c'è. Nello sfruttamento un senso non c'è. Nell'orizzonte funebre della merce un senso non c'è.

Nella ricerca del denaro, della fama, della gloria, almeno per noi, un senso non c'è.

Non c'è un senso ultimo nemmeno nella ribellione, nella lotta, se non è consapevole. C'è la giustezza animale e quindi anche umana della reazione all'aggressione. Non poniamo in questione se sia legittimo l'uso della violenza.

È inumano, indegno, ogni atto di violenza, che si eserciti su un insetto o su una folla d'uomini.

Ma c'è la consapevolezza che tra chi aggredisce, chi opprime, chi edifica un mondo simile a una prigione e chi reagisce, si difende, prova a forzare le sbarre, passa un abisso. Tu e io sappiamo cos'è violenza, se prendere le armi per difendere la propria vita, la dignità di calpestare la terra o se non lo è piuttosto l'infinita varietà di snodi disciplinari, colpevolizzanti, infantilizzanti che attraversa le vite di tutti. Com'è possibile porre la questione quando il tuo specchio sul mondo sono i media, i giornali, i social network? E, chi più chi meno, siamo messi tutti così.

Dare voce a vere voci, vita poetica a vere vite. La complessità delle nostre narrazioni è già abbastanza limitata dalla portata dei nostri sensi e dall'imprecisione della memoria. Meglio per me, adesso, è lasciar parlare l'istante.

La vertigine di cogliersi tutti, tutti i viventi, nello stesso istante. E i morti, e le generazioni future. Cogliersi come una specie, non come individui. Ciò che rende comune l'esperienza di vivere è il fatto di essere parte di una rete infinita di relazioni che associano tutti gli uomini e le donne, tutto ciò che condivide il nulla, l'evanascente, e il pieno, il totale dell'istante presente. Shunya, Purna. Vuoto, Pieno. Al di là della contraddizione.

Nelle palestre che abbiamo frequentato abbiamo giocato ai guerrieri. Il guerriero è una possibilità praticabile solo se vive la pace come un luogo sicuro e sempre percorribile. Solo se conosce il cosiddetto nemico e ci vede una possibilità dell'uomo, non un demone. Solo se gli lascia, quindi, una possibilità di fuga o di cambiamento.

Questo racconto che abbiamo orchestrato, noi sappiamo che è la realtà.

Indice

MS KALASHNIKOV

Questo libro è stampato su carta contenente fibre certificate FSC®
e con fibre provenienti da altre fonti controllate.

FSC
www.fsc.org
MISTO
Carta da fonti gestite
in maniera responsabile
FSC® C115118

Finito di stampare
nel maggio 2016 presso
ELCOGRAF S.p.A. – Stabilimento di Cles (TN)